Roman Fischer

Beiträge zur Lehre über die Hernia Obturatoria

Anatiposi

Roman Fischer

Beiträge zur Lehre über die Hernia Obturatoria

Unveränderter Nachdruck der Originalausgabe von 1856.

1. Auflage 2023 | ISBN: 978-3-38201-318-9

Anatiposi Verlag ist ein Imprint der Outlook Verlagsgesellschaft mbH.

Verlag: Outlook Verlag GmbH, Zeilweg 44, 60439 Frankfurt, Deutschland
Vertretungsberechtigt: E. Roepke, Zeilweg 44, 60439 Frankfurt, Deutschland
Druck: Books on Demand GmbH, In de Tarpen 42, 22848 Norderstedt, Deutschland

BEITRÄGE

ZUR LEHRE

über die

HERNIA OBTURATORIA

von

ROMAN FISCHER,

praktischem Arzte zu Luzern.

Mit zwölf lithographirten Tafeln.

LUZERN,

J. Kaiser'sche Buchhandlung.

1856.

VORWORT.

Im Jahre 1852 erschien in der Zeitschrift für rationelle Medicin von H e n l e und
ufer (Neue Folge, II. Bd. 3. Heft) über die Hernia foraminis ovalis ein Aufsatz von
, den ich unter der Leitung des Herrn Professor H e r m a n n M e y e r in Zürich aus-
beitet habe.

Der Zufall wollte, dass ich im Jahre darauf folgende Abhandlung, die mir früher
z unbekannt gewesen war, in meine Hände bekam: „De la Hernie sous-pubienne, thèse
r le doctorat en médecine, présentée et soutenue à la faculté de médecine de Paris par
lippe Auguste Vinson de l'île Bourbon. Paris, 1844." Diese Schrift ist dem Herrn
fessor Rayer gewidmet und wurde auf dessen Anregung geschrieben. — Es gereichte
bei Durchlesung derselben zum besondern Vergnügen, als ich wahrnahm, dass in der
chreibung der betreffenden anatomischen Verhältnisse Hr. V i n s o n und ich in manchen
kten übereinstimmten, obgleich ich doch bei der Vornahme meiner frühern Arbeit von
en Leistungen gar keine Kenntniss gehabt hatte. Im Uebrigen aber sah ich wohl ein,
, besonders der pathologische Theil meines Aufsatzes gegenüber demjenigen von
son, manche Unvollständigkeit enthalte, so dass ich mich entschloss, das Nöthige nach
glichkeit durch eine neue Bearbeitung des Gegenstandes zu verbessern.

Obgleich nun die Schrift von Hrn. V i n s o n für den Fleiss und die genaue Litteratur-
ntniss ihres Verfassers ein ehrenvolles Zeugniss giebt, so wollte ich dennoch keine blosse
ersetzung derselben besorgen, denn auf der einen Seite schienen mir manche ihrer Ab-
itte, besonders durch die wörtliche Anführung der Meinungen fast aller früherer Au-
n über den nämlichen Gegenstand bis zur Ermüdung in's Breite gezogen, und anderseits
en denn doch und (wie unser geschichtlicher Ueberblick zeigen wird) hauptsächlich in
tschland seit dem Erscheinen der Abhandlung von V i n s o n (1844) viele Beobachtungen
r die Hernia obturatoria bekannt gemacht und manches Lesenswerthe über dieselbe ge-
ieben worden, welches ich unbenutzt zu lassen nicht für rathsam hielt.

Eine in allen Theilen neue und selbstständige Bearbeitung der Anatomie und Patho-
e der Hernia obturatoria konnte ich, so sehr ich es auch gewünscht hätte, nicht unter-
men, denn es gebrach mir an Leichen, um z. B. über die auf die anatomischen Ver-
nisse und die Operation etc. des genannten Bruches bezüglichen Theile die nöthigen
ersuchungen vornehmen zu können.

Ich schlug also einen dritten Weg ein und versuchte die manigfaltigen Beobachtungen
Arbeiten, welche bisher über diesen Gegenstand bekannt gemacht wurden, so gut ich
nte und so weit ich es für zweckmsäsig erachtete, zu Rathe zu ziehen, und die Lei-
ngen von frühern Autoren, besonders aber jene von V i n s o n zu benutzen, und auf diese
ise eine kritisch-referirende Monographie über die Hernia obturatoria auszuarbeiten.

Was nun die einzelnen Theile dieser Arbeit anbelangt, so wird man in der Beschrei-
g der anatomischen Verhältnisse, welche auf die genannte Hernie Bezug haben, dasjenige
e viele Veränderungen wiederfinden, was ich schon im frühern, oben erwähnten Aufsatze
über niedergeschrieben hatte. Wie schon bemerkt, fehlte es mir zur Vornahme noch-
iger Untersuchungen an Leichen; wesentliche neue Resultate würden aber dadurch
hrscheinlich kaum zu Tage gefördert worden sein und überdiess hat auch eine öffentliche
mme, Hr. Dr. P a u l in Breslau, sich beifällig darüber geäussert und ist in einem Aufsatze

über den gleichen Gegenstand (Günsburg, Zeitschrift für klinische Medicin, IV. Bd. 5. F
1853) meiner frühern anatomischen Darstellung, wie er selbst angiebt, auch grösstenth
gefolgt. Hingegen wird der Leser in dieser Abtheilung des vorliegenden Schriftchens f
den, dass ich es mir angelegen sein liess, auf die wesentlichsten Punkte aufmerksam
machen, in denen Vinson und ich entweder übereinstimmen oder differiren oder uns e
lich gegenseitig ergänzen.

Mehr als es vielleicht zweckmässig erscheinen möchte, führte ich in den übrig
Abschnitten Gedanken und Urtheile anderer Schriftsteller an. Wo aber eigene Erfahrung
mir fehlten und ich aus angeführten Gründen auch eigene Untersuchungen nicht vornehm
konnte, glaubte ich auch keinen Anstand nehmen zu müssen, das Nöthige aus anerka
tüchtigen Schriftstellern zu ergänzen. Es wird sich dieses entschuldigen lassen, wenn n
die Sache selbst, wie wir es hoffen, dadurch gewonnen hat. Dasjenige, was ich auf di
Weise der Abhandlung von Vinson entnahm, wurde möglichst getreu in's Deutsche übe
tragen, und wenn in der Uebersetzung das eine oder andere sich mangelhaft fände, so mö
mir dafür etwelche Nachsicht zu Theil werden. Die ältern von Vinson zusammengestellt
und auch die drei von ihm neuerzählten Fälle einer Hernia obturatoria (pag. 113, 117 u
121 seiner Schrift) glaubte ich meiner Arbeit nicht beifügen zu müssen, da dergleich
Beobachtungen in der medicinischen Litteratur der neuern Zeit nicht mehr so selten vorkomme
Dagegen entnahm ich von den dreizehn Tafeln, welche der Arbeit von Vinson beigegeb
sind, zehn derselben vollständig, zwei seiner Abbildungen vereinigte ich auf eine einzi
Tafel, die übrigen, weniger belehrenden derselben liess ich ganz weg, und setzte in ein
zwölften Tafel noch jene Abbildungen bei, welche schon meinem frühern Aufsatze beigefü
waren. Wenn also diese bildlichen Erläuterungen auch nicht neu sind, so hoffe ich de
noch, dass selbe als eine nicht unwillkommene Beigabe anerkannt werden dürften.

Es könnte schliesslich noch den Anschein haben, als wäre ich bei der Besprechu
über die Operation der Hernia obturatoria im Vergleich zu den übrigen Abschnitten
lange stehen geblieben. Dieses geschah jedoch absichtlich, da gerade über diesen Gege
stand die Meinungen der Autoren, sowohl älterer als neuerer Zeit, wesentlich differiren u
die streitigen Punkte darüber so zu sagen bis auf diese Stunde noch nicht entschieden sin

Aus den bisherigen Zeilen wird ersichtlich sein, dass die vorliegende Abhandlu
noch Unvollkommenheiten genug enthält, die ich in meiner Stellung leider nicht beseitig
konnte und die aufzudecken, aber auch theilweise zu entschuldigen ich hiemit keinen Ansta
nahm. Man ist ja so gerne geneigt, eigene Mängel zu entschuldigen, und da es mir öfte
vorgekommen, als wären die Vorreden zu litterarischen Arbeiten, ohne dass man es d
Autoren übel nimmt, nebst andern auch zu obigem Zwecke bestimmt, so bin ich dies
Sitte, wie ersichtlich, nichts weniger als untreu geworden. Der Leser ersieht ferner a
diesem Vorworte, wie vorliegendes Schriftchen entstanden und den Standpunkt, welchen i
bei der Bearbeitung desselben eingenommen, und ich bitte, bei dessen Beurtheilung die
Umstände gütigst in Berücksichtigung zu ziehen. Ich selbst bin also nicht etwa der Meinun
dass die Lehre von der Hernia obturatoria nicht noch einer bessern Bearbeitung, als d
vorliegende es ist, fähig sein würde. Mögen dazu sich Kräfte entschliessen, denen meh
Zeit und Material, als mir zu Gebote stehen, und möge das Wenige, was ich leistete, ein
gütige Aufnahme und Beurtheilung finden. Ich schliesse diese Einleitung zu meiner Arbe
mit den Worten von Dieffenbach, welche unlängst Hr. Dr. Danzel in Hamburg zu
zweiten Hefte seiner herniologischen Studien als Motto wählte: „Ist auch Vieles daran z
tadeln, so wird auch, wie ich hoffe, einiges Nützliche darin sein.“

Luzern, im September 1855.

Der Verfasser.

Inhalt.

I. Anatomie des Canalis obturatorius.

Der *Canalis obturatorius* des Beckens, durch welchen Brüche austreten können, wird durch Muskeln und Knochen gleichmässig begränzt. Die Knochenwandung ist durch einen Theil des Randes vom Foramen ovale gebildet, die Muskelwandung durch den Musculus obturator internus, den Musculus obturator externus und den beiden zugehörigen fibrösen Theilen. Eine genauere Beschreibung jener Gegend muss daher diese beiden Partien des genannten Kanales in Berücksichtigung ziehen.

Die das Foramen ovale umgebenden Knochen.

Das *Foramen ovale* bildet das Lumen eines von denjenigen Theilen des Beckens gebildeten Ringes, welche man als Schambein und Sitzbein zu bezeichnen pflegt. Von der äussern oder der innern Fläche des Ringes aus gesehen hat das Loch allerdings eine ungefähr ovale Gestalt[1], jedoch zeigt dasselbe an dem Schambeinkörper eine stärkere Ausbuchtung, welche in folgender Weise zu Stande kommt: der Umfang des Foramen ovale ist einfach, so lange

er vom Ramus descendens und ascendens ossis ischii und vom Ramus descendens ossis pubis bestimmt wird, an dem Ramus horizontalis ossis pubis besitzt er dagegen zwei Ränder, einen hintern und einen vordern. Der *hintere* ist eine unmittelbare Fortsetzung des am Ramus descendens ossis pubis befindlichen einfachen Randes und liegt mit der ganzen oben bezeichneten Umgränzungslinie in derselben Ebene. An der innern Oberfläche des kleinen Beckens sieht man ihn eine ganz kurze Strecke weit parallel dem Pecten ossis pubis verlaufen und dann in der Richtung der Incisura ischiadica major sich nach hinten [1] (oben) wendend in eine schwach ausgesprochene Leiste übergehen, welche die obere Gränze des Musculus obturator internus bezeichnet. Der *vordere* Rand hingegen ist eine unmittelbare Fortsetzung des am Ramus descendens ossis ischii liegenden Umfanges, bleibt aber nicht mit demselben in gleicher Ebene, sondern erhebt sich ziemlich plötzlich von der Mitte der Incisura acetabuli über dieselbe gegen das vordere Ende der Superficies semilunaris acetabuli und setzt sich auf dem Ramus horizontalis ossis pubis bis zum Tuberculum pubicum fort, wo er endet.

Man könnte den ganzen Rand des Foramen ovale als einen spiralig gewundenen ansehen, indem man ihn am Tuberculum ossis pubis anfangen lässt und ihn um das Foramen ovale herum verfolgt, bis er sich auf der innern Fläche des kleinen Beckens verliert. Oder man kann auch den vom Tuberculum pubicum zur Mitte der Incisura acetabuli gehenden Theil des

---

[1] Vinson bemerkt darüber folgendes: »Die Form und Grösse des Foramen obturatum differiren je nach dem Geschlechte: es stellt beim Manne ein ziemlich vollkommenes Oval dar, woher der Name Foramen ovale; aber diese gleiche Oeffnung ist dreieckig bei dem Weibe. Sein grösster Durchmesser ist der *verticale*. Dieser Durchmesser genau von der Mitte der obern (hintern) Lippe des Sulcus obturatorius nach unten zur Vereinigung des äussern und innern Halbumfanges gemessen, bietet gewöhnlich eine Länge von $5\frac{1}{2}$ Centimeter, selten weniger, zuweilen mehr dar; ich fand ihn zwei mal 6 Centimeter lang.

Der *horizontale* Durchmesser, zum vorhergehenden rechtwinklig und von dem Vereinigungspunkte der beiden Aeste des Sitzbeins und Schambeins zu einem am (innern) Ausschnitte der Hüftgelenkpfanne gelegenen Punkte gemessen, hat eine Ausdehnung von 4 Centimeter; hie und da ist er ein wenig kleiner. Beim Manne ist der Durchmesser viel geringer, als beim Weibe. Bei fünf männlichen Becken, welche ich gemessen habe, betrug dieser horizontale Durchmesser 4 mal $3\frac{1}{4}$ und nur 1 mal $3\frac{1}{2}$ Centimeter.« De la hernie sous-pubienne. Paris 1844, pag. 33.

Auf pag. 34 und 35 seiner Schrift giebt Vinson die Grösse der genannten Durchmesser von 30 weib-

lichen und 5 männlichen Becken genau an und fügt dann (pag. 36) folgende Worte hinzu: »Diese Maasse führten mich zu einem Resultate, welches ein wenig von jenem abweicht, das von einigen Anatomen angegeben wurde, die behaupteten, dass das Foramen obturatum beim Weibe kleiner sei als beim Manne.«

[1] Die Bezeichnungen am Becken »nach hinten«, »nach oben« etc. müssen natürlich anders gewählt werden, je nachdem man dasselbe in jene Stellung bringt, welche es beim aufrechtstehenden Menschen einnimmt, oder je nachdem man ihm eine andere Stellung und Lage giebt.

1

Randes als einen dachartigen Vorsprung über den vordern (obern) Theil des in einer Ebene liegenden ovalen Loches ansehen.

Welche dieser beiden Auffassungen man auch vorziehen mag, immer erkennt man doch zwischen den beiden Rändern am Ramus horizontalis ossis pubis eine flache *Rinne* — *Sulcus obturatorius* — [1]), deren Längenachse nach innen (oben) fortgesetzt, ungefähr den ausgehöhltesten Theil der Incisura ischiadica major trifft. Dieselbe hat demnach in der natürlichen Stellung des Beckens eine etwas von aussen nach innen und eine von hinten nach vornen absteigende Richtung von ungefähr 45°. Die hintere und vordere Gränze dieser Rinne, welche wir *Incisura obturatoria anterior* und *posterior* nennen können, wird durch Abtheilungen der spiralig gedachten Umrandung des ovalen Loches bezeichnet. Die beiden seitlichen Gränzen werden gebildet durch zwei an den Enden des einfach gedachten Randes des Foramen ovale gelegene rauhe *Höcker (Tuberculum obturatorium superius et inferius)*. Das Tuberculum obturatorium superius liegt an dem obern (hintern) Umfange des Foramen ovale ungefähr in der Mitte der Incisura acetabuli und ist ein ziemlich scharf umschriebener rauher Höcker. Das Tuberculum obturatorium inferius liegt an derjenigen Stelle des Randes, welche neben der Symphysis ossium pubis sich befindet; es bildet mehr ein Aggregat kleinerer Vorsprünge, welche theilweise an dem Rande selbst, theilweise auf der äussern Fläche des Schambeins liegen. [2])

Die Membrana obturatoria interna und der Musculus obturator internus. Der Annulus obturatorius.

Die *Membrana obturatoria* wird gewöhnlich nur als eine Membran beschrieben, welche das Foramen ovale mit Ausnahme einer kleinen Stelle (am Sulcus obturatorius) verschliesse und nach aussen und innen dem Musculus obturator externus und internus zum Ursprung diene. Diese Auffassung ist nicht nur überhaupt ungenau und falsch, sondern sie wird auch Ursache dafür, dass einige für die Lehre über die Hernien des Foramen ovale sehr wichtige Punkte gänzlich übersehen worden sind. Wir müssen in der Membrana obturatoria (autorum) zwei scharf getrennte Bänder unterscheiden, welche wir als *Membrana obturatoria interna* und *Membrana obturatoria externa* bezeichnen. (Taf. XII, Fig. 1.)

Die *Membrana obturatoria interna* ist ein dünnes, aus vielfach gekreuzten fibrösen Bündeln zusammengesetztes Band, welches an der Umgränzung des Foramen ovale, so weit diese einfach ist und an dem oben angegebenen hintern Rande vom horizontalen Aste des Schambeins sich anheftet und das Lumen des ovalen Loches mit Ausnahme des Sulcus obturatorius schliesst, wo es sich in später zu beschreibender Weise verhält. Dieses Band ist überall sehr dünn, enthält jedoch in einiger Entfernung von dem Sulcus obturatorius stärkere Fasern, welche ungefähr in der Richtung von dem Tuberculum obturatorium superius zum Tuberculum obturatorium inferius verlaufen. In frischem Zustande ist dieses Band mit Ausnahme der eben angeführten Partie sehr nachgiebig und durchscheinend und man darf sich nicht durch das Ansehen von getrockneten Präparaten täuschen lassen und dasselbe für gespannt und fest halten.

Von der innern Oberfläche dieses Bandes und von derjenigen der benachbarten Knochentheile mit Ausnahme der Incisura obturatoria posterior des Sulcus obturatorius entspringt der *Musculus obturator internus*. Dieser verschliesst demnach das ganze Foramen ovale von innen her, eine am Sulcus obturatorius bleibende ovale [1]) Oeffnung *(Annulus obturatorius)* ausgenommen, welche einerseits von der Incisura obturatoria posterior, anderseits von dem freien Rande des Muskels begränzt wird. Nach innen ist der Musculus obturator internus von einer Fascie überzogen, welche in das Periost der benachbarten Knochenränder übergeht. An dem freien Rande des Muskels (d. h. am Sulcus obturatorius) geht diese Fascie unmittelbar auch in die Membrana obturatoria über und zwar mit einem scharfen Rande stärkerer Fasern, welche zunächst die nicht knöcherne Begränzung der Oeffnung des gleichnamigen Kanales

---

[1]) »Das Foramen obturatum bietet in seiner obern Partie eine rundliche, in die Dicke des Schambeins eingegrabene *Rinne* dar (gouttière sous-pubienne). Diese Rinne hat zwei Lefzen. Die *vordere* vereinigt sich mit dem äussern Halbumfange des Foramen ovale, die *hintere* setzt sich in den innern Halbumfang fort. Diese Rinne ist bei Personen von hohem Alter sehr stark ausgesprochen. Beim Weibe ist sie schärfer ausgeprägt als beim Manne, bei den Kindern ist sie wenig hervorstechend und an dem Becken eines zweijährigen Kindes, welches ich untersuchte, existirten davon kaum die Anzeichen.« Vinson, l. c. pag. 37.

Die gleiche Beschaffenheit dieser Rinne beobachteten auch wir an zwei Kindesleichen. Vergleiche unsern Aufsatz in Henle und Pfeufer's Zeitschrift für rationelle Medicin, N. F. II. Bd. 3. Hft. 1852.

[2]) Die Angabe Vinson's über die Tubercula obturatoria beziehen sich nur auf das untere derselben, er bezeichnet es »als eine kleine Erhabenheit von der Form eines Stachels.« Wir werden sogleich bei der Beschreibung der Membrana obturatoria externa darauf zurück kommen.

[1]) Bei einigen Individuen ist sie oft mehr rundlich, bei andern bildet sie ein stark längliches Oval. (Vide Taf. XI. Fig. 2, 3 und 4.)

bilden. Diese Fasern (Crus tendineum Annuli obturatorii) laufen gebogen von einem Ende der Incisura obturatoria posterior zum andern und gehen unmittelbar in eine dicke Faserschichte über, welche den Sulcus obturatorius als ein Theil seines Periosts überkleiden. Die Sehnenfasern dieses Crus tendineum stehen häufig mit dem fibrösen Streifen, welcher dem Musculus levator ani zum Ursprunge dient, durch andere bogenförmige Fasern in Verbindung, welche so verlaufen, dass die Concavität ihrer Krümmung nach hinten sieht. Jener fibröse Streifen, an welchem der Musculus levator ani entspringt, ist selbst eigentlich nur ein Theil der innern Fascie vom Musculus obturator internus, trennt aber dieselbe in einen obern vordern und einen untern hintern Theil, wovon man den erstern nach der gewöhnlichen Anschauungsweise zu der Beckenfascie und den letztern zur tiefen Perinealfascie (Fascienauskleidung der Fossa ischio-recta) zu rechnen pflegt.[1]

Die innere Oberfläche des Musculus obturator internus ist so beschaffen, dass sie über die innere Oberfläche der ihn umgebenden Knochen des kleinen Beckens nicht merklich hervorragt. Die ganze Dicke dieses Muskels befindet sich daher im Lumen des Foramen ovale eingebettet. Da nun aber an dem Annulus obturatorius die innere Fascie des Musculus obturator internus durch die scharfe Kante des Crus tendineum gegen die Membrana obturatoria interna sich abgränzt, so ist es natürlich, dass der übrige freie Rand desselben Muskels nur mit der Membrana obturatoria interna bedeckt ist und dass somit durch dieses Verhältniss ein wirklicher, wenn auch nur kurzer Kanal — Canalis obturatorius — erzeugt wird. Dieser Kanal hat einen ovalen Querschnitt und kann als durch zwei Wände gebildet angesehen werden, durch eine feste, knöcherne, den Sulcus obturatorius und eine weichere, den mit der Membrana obturatoria interna bekleideten Rand vom Musculus obturator internus, welcher jedoch wegen seiner geringen Breite weniger Ansprüche auf den Namen einer Wand des Kanales machen kann, als der Sulcus obturatorius.[2]

[1] Vinson's Beschreibung der anatomischen Verhältnisse der Membrana obturatoria interna und des Musculus obturator internus weicht der Hauptsache nach nur wenig von der unsrigen ab. Vergleiche seine Schrift pag. 36 und 37.

[2] »Die obere Partie (Wandung) des Canalis obturatorius besteht aus der knöchernen Rinne, von der ich gesprochen habe und seine untere Partie oder der Boden ist gebildet; nach innen durch den der Fascia pelvis und der Membrana obturatoria (interna) gemeinschaftlich angehörigen Sehnenbogen (arc fibreux) und

So scharf der hintere (obere oder innere) Eingang in diesen Kanal durch den Annulus obturatorius gezeichnet ist, so wenig scharf kann der vordere (untere oder äussere) Eingang[2] erkannt werden, indem der Rand des Musculus obturator internus mit allmäliger Krümmung in die Fläche der Membrana obturatoria interna übergeht.

Musculus obturator externus. Membrana obturatoria externa.

Das Verhalten des *Musculus obturator externus* in seinen Ursprüngen und seinen Beziehungen zur Membrana obturatoria interna und externa wird für die Lagerungen grösserer Hernien des Foramen ovale ebenso wichtig, wie das Verhalten des Musculus obturator internus für die Austrittsstelle (Bruchpforte) derselben. Genauere Untersuchungen lehrten uns, dass die gewöhnliche Ansicht, nach welcher dieser Muskel von der Membrana obturatoria (autorum) entspringt, durchaus unrichtig ist und dass sich das Verhältniss vielmehr folgendermassen gestaltet:

An der äussern Oberfläche unserer Membrana obturatoria interna befindet sich noch eine ganz getrennte fibröse Lamelle, welche wir

folglich durch einen Theil des Musculus obturator internus, der zwischen diesen zwei fibrösen Lagen enthalten ist; nach vornen (aussen) durch einen kleinen von der Membrana obturatoria externa (ligament obturateur antérieur) gebildeten Bogen und zwischen diesen beiden Bogen (dem letztern und dem an der Beckenöffnung des Kanals gelegenen) von mehr oder weniger reichlicherm Fettzellgewebe, welches die Gefässe und den Nervus obturatorius einhüllt.« Vinson, l. c. pag. 39.

Man sieht aus obigen Worten, dass Vinson die Gränzen des Canalis obturatorius anders bestimmte, als wir. Im Laufe unserer Abhandlung wird sich jedoch ergeben, dass die Angaben von Vinson nicht wohl haltbar sind und dass durch die von uns gegebene Beschreibung die Lehre von der Anatomie des Canalis obturatorius und von der Hernia obturatoria an Einfachheit und Klarheit gewinnt. (Siehe den Abschnitt über den Nervus und die Vasa obturatoria, wie auch jenen über die möglichen Bahnen für die Hernien des Foramen ovale und endlich denjenigen über die Lagerungsweise dieser Brüche in Bezug auf die angegebenen Möglichkeiten.)

[1] Füglich könnte man letztere auch Schenkelöffnung des Canalis obturatorius nennen, während der erstere oder der Annulus obturatorius als Beckenöffnung jenes Kanals bezeichnet werden kann. Die Grösse und Form dieser letztern variirt, wie schon bemerkt, mannigfaltig, bald ist sie mehr rundlich, bald mehr oval (Taf. XI und XII), gewöhnlich aber hat sie die letztere Form.

Ihr horizontaler Durchmesser beträgt nach Vinson 14 Millimeter, der vertikale (die Höhe) 9 Millimeter. Wahrscheinlich wollte er damit nur die *durchschnittlichen* Maasse angeben. (Vergleiche seine Abhandlung pag. 39, woselbst die von ihm am fraglichen Kanale vorgenommenen Messungen genau angeführt sind.)

Membrana obturatoria externa[1]) nennen. Dieselbe entspringt mehrere Linien breit am Tuberculum obturatorium inferius und spaltet sich in ihrem Verlaufe der Fläche nach in zwei Schenkel, deren erster sich an das Tuberculum obturatorium superius ansetzt und deren zweiter sich in die Hüftgelenkkapsel in der Gegend der Incisura acetabuli verliert. (Taf. XII, Fig. 1.) Diese Membran ist aus sehr festen Fasern zusammengesetzt und in dem ersten Theile ihres Verlaufes mit der Membrana obturatoria interna verbunden, später aber frei gespannt. Unter dem frei gespannten Theile finden sich demnach zwei Durchgänge: der eine zwischen ihm und der Membrana obturatoria interna, der andere ebenfalls zwischen ihm und der Incisura acetabuli gerade am Eingange (der Gefässe) in die Fossa acetabuli.

Von diesem Bande entspringt ein Theil des *Musculus obturator externus*, welche wir als die *mittlere Portion* desselben bezeichnen. (Taf. XII, Fig. 3 u. 4.) Die *obere (vordere)* und die *untere*[2]) *(hintere)* Portion dieses Muskels treten in gar keine Beziehungen zu der einen oder andern Membrana obturatoria. Die *obere Portion* entspringt nämlich nahe dem Tuberculum ossis pubis von der äussern Fläche dieses Knochens und schliesst sich der mittlern Portion erst unter dem Hüftgelenke an, indem sie freigespannt über den obern (vordern) Theil der Membrana obturatoria interna verläuft; die zwischen diesen beiden Theilen gelegene Lücke ist mit reichlichem Fettzellgewebe ausgefüllt. Die *untere (hintere) Portion* entspringt von der äussern Fläche des Ramus ascendens Ossis ischii

und verläuft ebenfalls frei gespannt über den untern (hintern) Theil der Membrana obturatoria interna. Auch die Lücke zwischen dieser Portion und der genannten Membran wird durch Fettgewebe angefüllt; dieses Fett steht mit demjenigen unter der ersten Portion in in Continuität und durch die beiden obenerwähnten Durchgänge unter der Membrana obturatoria externa und durch denjenigen an der Incisura acetabuli stehen beide Fettzellgewebsmassen mit derjenigen in der Fossa acetabuli in Verbindung, so dass also das Fett unter der obern und untern (vordern und hintern) Portion des Musculus obturator externus und das Gelenkfett der Hüftpfanne eine einzige Fettmasse darstellen, welch' letztere ihrerseits wieder durch den Canalis obturatorius mit dem subperitonealen Fettzellgewebe des kleinen Beckens ebenfalls in Verbindung steht. (Taf. XII, Fig. 4.)

Die beschriebene Trennung des Musculus obturator externus in die angegebenen drei Portionen ist nur theilweise äusserlich sichtbar. Deutlich und scharf ausgesprochen ist immer die Trennung der obern und mittlern Portion, diejenige der mittlern und obern Portion dagegen kann auf eine leichte Weise künstlich ausgeführt werden.[1])

Eine lange und schmale Oeffnung bleibt zwischen dem obern Rande der obern Portion und der Incisura obturatoria anterior. Häufig wird dieselbe auf der Seite des Muskels durch einen Sehnenbogen begränzt, von welchem oft noch ein Theil der obern Portion entspringt. In diesem Falle entsteht dann durch den Knochenrand und den genannten Sehnenbogen ein ähnlicher Ring, wie der Annulus obturatorius, und man könnte ihn Annulus obturatorius anterior (externus) nennen, wenn durch diesen Namen nicht der falsche Begriff erweckt würde, als ob dieser Ring das vordere Ende (die Austrittsöffnung) des Canalis obturatorius wäre.[2])

Zwischen der obern und mittlern Portion, sowie zwischen der untern Portion und dem Os ischii bleiben nur spaltförmige Oeffnungen übrig.

---

[1]) Vinson erwähnt ihrer mit folgenden Worten: »Bis auf einen gewissen Punkt kann man als Zubehör (dèpendance) zur Membrana obturatoria ein Faserbündel betrachten, welches ich mit dem Namen kleines vorderes Ligament (petit ligament antérieur) des Hüftbeinloches bezeiche. Dieses ungefähr 3 Centimeter lange Bündel ist stärker und resistenter an seiner äussern (obern) Insertion gegen den Rand der Hüftgelenkpfanne, als an seinem innern (untern) Anheftungspunkte an eine kleine Erhabenheit von der Form eines Stachels (petite éminence sous forme d'épine), welche das Foramen obturatum an dieser Stelle darbietet. Dieses kleine Ligament dient dem äussern und tiefen (mittlern) Bündel des Musculus obturator externus zum Ansatzpunkte.« l. c. pag. 38. Wir werden die Verhältnisse dieses Muskels zur genannten Membran sogleich besprechen.

[2]) Die Benennungen »obere und untere Portion« sind nur dann richtig, wenn man bei einem auf dem Rücken liegenden Cadaver den in Rede stehenden Muskel präparirt. Beim aufrechtstehenden Menschen wird die obere Portion des genannten Muskels mehr zur vordern und die untere mehr zur hintern. Vinson hat in seiner Beschreibung des Musculus obturator externus nur zwei Abtheilungen an demselben unterschieden, ihr Verhalten jedoch nicht ganz klar und richtig angegeben. l. c. pag. 38.

[1]) Wir werden im folgenden Abschnitte sehen, dass durch die Trennung der letztern zwei Portionen die Verhältnisse des Nervus obturatorius klarer hervortreten. Durchaus nothwendig zum Verständniss der Lagerungsweise grösserer Hernien des ovalen Loches ist sie jedoch nicht und man könnte füglich den Musculus obturator externus auch nur in ein oberes (vorderes) und unteres (hinteres) Bündel trennen und dann sagen, dass wiederum die obere (vordere) Portion dieses letztern Bündels von der Membrana obturatoria externa ihren Ursprung nehme.

[2]) Wir sehen aus dem oben (pag. 3) angeführten Citate, dass Vinson die Sache so aufgefasst hatte.

Nervus obturatorius und Vasa obturatoria.

Durch den Annulus obturatorius treten der Nervus, die Arteria, sowie die Vena obturatoria in den gleichnamigen Kanal ein; sie sind während ihres Verlaufes in demselben von Fettzellgewebe umgeben. (Siehe oben pag. 4 und Taf. XII, Fig. 4.)

Wenn die *Arterie*[1]) aus der Arteria hypogastrica entspringt, dann liegt der Nerv wenigstens *an der Beckenöffnung des Kanals* am weitesten nach vornen und dann; hierauf folgt die Arterie und dann die Vene. Entspringt dagegen die Arterie aus der Arteria epigastrica, dann liegt sie in dem obern vordern Umfange des Annulus obturatorius über und vor dem Nerven.[2])

Die Hauptvertheilung der *Arteria obturatoria* liegt auf der Membrana obturatoria interna, sie ist in die im vorigen Abschnitte beschriebenen Fettzellgewebsmassen eingelagert und gibt Aeste zu dem Musculus obturator externus und in die Incisura acetabuli. Ein oder mehrere Aeste treten auch durch die Spalte zwischen der untern Portion des Musculus obturator externus und dem Os ischii hervor, um in den Musculus quadratus femoris einzutreten und Anastomosen mit der Arteria circumflexa femoris interna einzugehen. Die Arteria obturatoria kann kleiner oder grösser sein; im ersten Falle halten sich ihre Hauptvertheilungen, wie bemerkt, auf der Membrana obturatoria interna, im letztern Falle schickt sie auch noch grössere Aeste mit denjenigen des Nervus obturatorius aus und vertheilt sich in die Adductoren. Gewöhnlich aber fanden wir die Aeste für letztere Muskeln von Arteria circumflexa femoris interna geliefert.[3])

Alle diese Arterienverzweigungen sind für die Bildung der Räume, in welche sich eine entstandene Hernia obturatoria einsenken kann, von keiner Wichtigkeit. Wir können uns daher auf diese Andeutung ihrer Vertheilung beschränken.[1])

Wichtiger ist in dieser Beziehung der *Nervus obturatorius*,[2]) indem dieser in dem weitern Verlaufe seiner Aeste constantere und grössere Bahnen vorzeichnet, denen eine Hernia obturatoria folgen kann. Bei seinem Durchtritte durch den gleichnamigen Kanal spaltet sich der Nerv in *drei Hauptäste*, von denen *zwei* auf gleich zu beschreibende Weise in die Adductoren gehen, während der *dritte* durch die Oeffnung zwischen der Membrana obturatoria interna und externa in die untere (hintere) Portion des Musculus obturator externus eintritt. Der *erste* Ast des Nerven (Ramus adductorius anterior) tritt zwischen dem Ramus horizontalis ossis pubis und der vordern (obern) Portion des Musculus obturator externus aus, theilt Fasern dem Musculus pectineus mit, geht zwischen Musculus adductor longus und brevis, beiden Aeste abgebend, hindurch und endet in dem Musculus gracilis.[3]) Der *zweite* (schwächere) Ast (Ramus adductorius posterior) tritt durch die Spalte zwischen der vordern und mittlern Portion des Musculus obturator externus aus, verläuft zwischen Musculus adductor brevis und magnus und endet hauptsächlich in dem letztern, versorgt jedoch auch stets mit einem Zweige das Hüftgelenk.[4]) (Taf. XII, Fig. 3 u. 4.

---

[1]) Wir werden ihre Ursprungsverhältnisse im pathologischen Theile dieser Abhandlung noch näher betrachten.

[2]) Wie sich wohl von selbst versteht, beziehen sich diese Worte nur auf die Verhältnisse im Annulus obturatorius, das weitere Verhalten im Canalis obturatorius selbst werden wir ebenfalls später besprechen.

[3]) »Die Arteria obturatoria theilt sich entweder vor ihrem Eintritte in den Kanal oder in seinem Innern in zwei ungleich dicke Aeste, einen *innern* und einen *äussern*.« Vinson l. c. pag. 40 und 41. Der erstere begibt sich nach diesem Autor am innern Halbumfang, der letztere aber am äussern Halbumfang des ovalen Loches nach unten. Beide dieser Aeste verzweigen sich während ihres Verlaufes und gehen Anastomosen ein. Wir bezweifeln das constante Vorkommen dieses Verhaltens, vielmehr scheint sowohl das Lumen, als auch der Ursprung, der Verlauf und die Verzweigung der Arteria obturatoria bei verschiedenen Individuen bedeutend zu variiren.

[1]) Es kam uns bei der Präparation dieser Gegend auch ein Fall vor, wo die Arteria dorsalis penis aus der Arteria obturatoria ihren Ursprung nahm; sie ging im Canalis obturatorius von derselben ab, verlief zwischen Membrana obturatoria interna und Musculus obturator internus nach unten, durchbohrte die erstere gegen die Symphysis ossium pubis hin und senkte sich, nachdem sie eine kurze Strecke über die Aussenfläche des Schambeins weggelaufen, in den Rücken des Penis ein. Die Arteria profunda penis verlief normal.

[2]) Er entspringt aus dem zweiten, dritten und vierten Nervus lumbalis, steigt hinter dem Musculus Psoas in das kleine Becken hinab, an dessen Seitenwand er vom Peritonæum bedeckt und in Zellgewebe eingehüllt bis zum Foramen obturatum anliegt. Nach Vinson giebt er vorerst an den Musc. obturator internus und dann auch an den Musc. obturator externus einen Zweig ab und theilt sich in zwei Endäste, einen *vordern* und einen *hintern*. »Der *vordere* giebt Zweige an den Musc. pectinaeus und Musc. adductor brevis ab. Nachdem er diese beide Muskeln versorgt hat, theilt er sich noch in drei Zweige, einen für den kleinen, den andern für den ersten (langen) Adductor; der dritte geht zum Musc. gracilis. Der *hintere* Ast bietet einen weniger complicirten Verlauf dar und verliert sich im Adductor tertius oder magnus.« l. c. pag. 42.

[3]) Nach andern Autoren tritt sein Endzweig durch die Fascia lata zur Haut der innern Fläche des Oberschenkels. — Wir führen diese Einzelheiten um so sorgfältiger an, da die Nervensymptome, wie wir später sehen werden, für die Diagnose einer Hernia obturatoria ziemlich wichtig sind.

[4]) In einem der vielen von uns untersuchten Fällen sahen wir *beide* Rami adductorii gemeinschaftlich durch

Muskeln und Fascien an der Aussenseite des Foramen ovale oder an der innern und obern Partie des Oberschenkels. [1])

Zwischen den einzelnen Adductoren sind mehrere *Fascienblätter* gelegen, welche in besondern Beziehungen zu dem Musculus obturator externus und den Aesten des Nervus obturatorius treten und dadurch für die Lagerung einer Hernie, die ein grösseres Volumen erreicht hat, wichtig werden. Nach der gewöhnlichen Auffassung der Fascienvertheilung mag man dieselben als Einsenkungen der Fascia lata zwischen die Muskeln ansehen. Wir vermeiden es, dieser Auffassung zu folgen, weil dieselbe nur Unklarheiten in der Darstellung und Auffassung der Verhältnisse erzeugt; wir sehen vielmehr diese Fascienblätter als Ueberzüge und Scheidewände zwischen den einzelnen Muskeln an. Das Verhalten ihrer Ausbreitung und Lagerung wird am leichtesten und verständlichsten durch folgende Schilderung der Präparation dieser Gegend von aussen angegeben:

Wenn man die vordere Seite des Musculus pectineus und des Musculus adductor longus frei gelegt hat und beide Muskeln, indem man sie an ihrer Beckenanheftung genau von dem Knochen lostrennt und nach unten schlägt, so kömmt alsdann ein Fascienblatt zum Vorschein, welches an dem vordern Rande des obern Umfanges vom Foramen ovale entspringt und der hintern Fläche des Musculus pectineus folgend die Spalte zwischen dem Ramus horizontalis ossis pubis und der vordern (obern) Portion des Musculus obturator externus austreten. Wie wir oben (pag. 3) bemerken, lässt Vinson den Canalis obturatorius nach aussen durch obgenannte Spalte endigen, und wie er die Verhältnisse angiebt, könnte man glauben, dass die beiden Aeste des Nerven *mitsammen* der Norm nach stets durch diese Spalte austreten würden. Er sagt: (l. c. pag. 42) »Nachdem der Nerv. obturat. aus dem Canalis obturat. ausgetreten ist, theilt er sich in zwei Endäste.«

Bei einer andern Leiche, an welcher wir den Canal. obtur. präparirten, traten ebenfalls *beide* Rami adductorii durch die Spalte zwischen oberer (vorderer) und mittlerer Portion des Musc. obtur. extern. aus.

[1]) Vinson beginnt seine Beschreibung der anatomischen Verhältnisse mit folgenden Worten: »An der Aussenseite des Beckens kann die Regio obturatoria umschrieben werden durch ein Dreieck, oben durch das Schambein, nach innen durch die Muskeln an der innern Partie des Oberschenkels, d. h. durch den Adductor longus und magnus, und nach aussen durch das Hüftgelenk gebildet. In dem obern Theile dieses Dreiecks, 4 bis 5 Centimeter unter dem Tuberculum pubicum kömmt die Hernia obturatoria zum Vorschein, wenn sie nach Aussen eine Geschwulst bildet.«

»An der Innenseite des Beckens können die Gränzen der Regio obturatoria erst dann deutlich gezeichnet werden, wenn man successive aus Peritonæum und jenen Theil der Beckenfascie weggenommen hat, welcher die hintere Fläche des Musculus obturator internus bedeckt.« l. c. pag. 32.

auf die vordere des Musculus adductor brevis übergeht. Wir wollen dasselbe *Fascia subpectinea* nennen. [1]) Ihr oberer, vorderer Theil ist besonders stark ausgebildet, indem er aus quergehenden dichtern Fasern zusammengesetzt wird, welche ziemlich parallel dem vordern Rande vom obern Umfang des Foramen ovale verlaufend sich in die Hüftgelenkkapsel verlieren und damit eine Fortsetzung des durch den Rand der Incisura obturatoria anterior formirten dachartigen Vorsprunges bilden. [2]) Von diesem Fascienbatte bedeckt sieht man den Ramus adductorius anterior Nervi obturatorii verlaufen. Nach Wegnahme dieses Fascienblattes wird die Austrittsöffnung des ebengenannten Nervenastes zwischen der Incisura obturatoria anterior (externa) und der vordern (obern) Portion des Musculus obturator externus sichtbar, aber doch erst, nachdem man eine gewisse Menge von Fettgewebe zwischen ihr und dem eben beschriebenen stärkern Theile der Fascia subpectinea weggenommen hat. Entfernt man nun auch den Musculus adductor brevis, so kömmt ein anderes Fascienblatt *(Fascia interadductoria)* zum Vorschein, welches die vordere (obere) Portion des Musculus obturator externus und die vordere Fläche des Musculus adductor magnus bedeckt. Auch dieses Fascienblatt steht mit der Hüftgelenkkapsel in Verbindung, es wird jedoch über dem obern Rande des Musculus adductor magnus nahe dem Trochanter minor von der Arteria und Vena circumflexa femoris interna durchbohrt, von welchen beiden an dieser Stelle mehrere Aeste in die Adductoren gehen. Unter diesem Fascienblatte sieht man den Ramus adductorius posterior Nervi obturatorii durchscheinen, und nach Wegnahme des erstern vom Musculus adductor magnus ist dann die Austrittsstelle des Nervenastes blosgelegt. Nimmt man nun auch noch den Musculus adductor magnus hinweg, so werden dadurch auch die mittlere und untere (hintere) Portion des Musculus obturator externus freigelegt und man sieht ein Fascienblatt, welches den ganzen Musculus obturator externus von aussen überzieht und sich auf den Musculus quadratus femoris fortsetzt. Dasselbe wird zwischen der vordern (obern) und mittlern Portion des Musculus obturator externus von dem Ramus adductorius posterior Nervi obturatorii durchbohrt. [3])

[1]) Weiter nach unten (gegen das Kniegelenk hin) überzieht sie auch die hintere Fläche des Musculus adductor longus. (Vide Taf. XII, Fig. 4.)

[2]) Siehe pag. 2.

[3]) Es braucht wohl kaum erwähnt zu werden, dass alle die genannten Fascien nicht bei allen Individuen gleich stark entwickelt sind.

Das gegenseitige Verhältniss dieser Fascienblätter wird übrigens am besten aus der beigegebenen Zeichnung eines Durchschnittes durch die Muskeln dieser Gegend verstanden. Wir enthalten uns desshalb einer weitern Beschreibung derselben und verweisen auf die Erklärung der Tafel XII, Fig. 4.

Dagegen nehmen wir uns die Freiheit, zur Vervollständigung dieses Abschnittes folgenden Passus aus der Abhandlung von Vinson (pag. 45) hier in der Uebersetzung wörtlich anzuführen: „die *Arteria femoralis* liegt nur auf dem untersten und äussersten Theile des Musculus pectineus, sie verläuft nach aussen gegen die vereinigten Bündel des Musculus ileo-psoas. Diese Verhältnisse entfernen sie, wie man sieht, ziemlich von der Stelle, an welcher die Bruchgeschwulst im Falle einer Hernia obturatoria gelegen ist, indem letztere nächst der obern Insertion des Musculus pectineus zum Vorschein kommt. Die Gefahr (im Falle einer Operation), die Arteria femoralis zu verletzen, scheint mir daher etwas übertrieben. Die Arteria circumflexa femoris (interna), deren Zweige sich dem Musculus pectineus und dem oberflächlichen oder ersten Adductor (Musculus adductor longus) mittheilen, ist die einzige aus der Femoralis entspringende Arterie, welche in der ersten Zeit der Operation verletzt werden könnte. Die Verletzung dieser Arterienzweige würde aber keine ernstliche Blutung herbeiführen, übrigens kann man immer während der Operation deren Unterbindung vornehmen.“

„Die Muskeln, von denen wir so eben gesprochen (der Pectineus und die Adductoren) und die Arteria femoralis sind äusserlich durch eine starke resistente Aponeurose, die *Fascia lata* bedeckt, welche stets gegen die innere Partie des Oberschenkels sich verjüngt (dünner wird). Diese Fascie zeigt unterhalb der Leistenfalte (Leistenbeuge) eine Oeffnung für den Durchtritt der *Vena saphena*. Diese Vene, welche an der obern und innern Partie des Oberschenkels unmittelbar unter der Haut verläuft, befindet sich stets nach aussen von dem erforderlichen Einschnitte, um bei der Operation der Hernia obturatoria auf den Bruchsack zu gelangen, im übrigen, wenn sie geöffnet würde, könnte die Blutung leicht gestillt werden.“

„Eine Lage von Fettzellgewebe befindet sich zwischen der Fascia lata und der Haut. Ihr Fettgehalt variirt: er ist sehr beträchtlich bei Individuen und besonders bei Weibern von reifem Alter, und er ist sehr unbedeutend bei Leuten, welche ein hohes Alter erreicht haben. In dieser Lage findet sich eine mehr oder weniger beträchtliche Anzahl von *Lymphgefässganglien (Lymphgefässdrüsen)* zerstreut, deren Anschwellung, wie ich es gesehen habe, die Anwesenheit einer Hernia obturatoria begleiten kann. Diese Ganglien können Ursache eines Irrthums werden, sei es, dass sie die Bruchgeschwulst bedecken (verbergen), sei es, dass sie in andern Fällen für dieselbe angesehen werden.“

„Die Haut, welche die Gegend bedeckt, wo die Hernia obturatoria sich bildet, ist glatt und gespannt (straff) bei jungen Individuen, besonders bei mit Wohlbeleibtheit (embonpoint) begabten Weibern und schlaff und leicht gefaltet bei alten Leuten.“ [1]

Mögliche Bahnen für eine Hernia obturatoria.

Untersuchen wir vorerst, durch die in dem bisherigen gegebene anatomische Forschung geleitet, welchen Weg eine durch das Foramen ovale austretende Hernie nehmen kann, so werden wir darüber nicht im Zweifel sein, dass eine solche jedenfalls durch den Annulus obturatorius austreten wird. Ist nun aber einmal eine Hernie gebildet und durch den Annulus und Canalis obturatorius nach aussen getreten, so liegt dieselbe zunächst in dem mit Fett erfüllten Raume zwischen der obern (vordern) Portion des Musculus obturator externus und der Membrana obturatoria interna (vide Taf. XII, Fig. 4). In diesem Raume kann sie aber unmöglich eine bedeutende Grösse erreichen, sondern sie muss, wenn sie zu einem grössern Umfange anwächst — es werden ja Hernien dieser Art von einigen Zoll Länge beschrieben — denselben verlassen.

Es ist zu bedauern, dass viele der bisher beobachteten Fälle solcher Hernien zu unvollständig beschrieben sind, als dass wir uns immer in den Stand gesetzt finden könnten, aus diesen Beschreibungen den Weg zu erkennen, welchen eine Hernie bei ihrem Hervortreten aus dem bezeichneten Raume gewöhnlich nimmt und wir wollen daher hier versuchen, mehr aprioristisch diejenigen Wege anzugeben, welche dieselbe *möglicherweise* nehmen kann, behalten uns jedoch vor, einige bis dato beschriebene Fälle später in anatomischer Beziehung zu würdigen.

Betrachten wir nun, welche Ausgänge nach vorn und unten aus dem obenerwähnten Fettraume gefunden werden, so bemerken wir folgende vier Austrittsstellen und somit eben so viele Möglichkeiten für die weitere Bahn einer einmal durch den Annulus obturatorius getre-

---

[1] Die Gränzen der Regio obturatoria externa und interna, wie dieselben Vinson angiebt, haben wir so eben (pag. 6 Anmerk. 1) wörtlich angeführt.

tenen Hernie: (Vergleiche oben pag. 3 und 5. und Taf. XII, Fig. 4.)

1. Einen Ausgang zwischen dem Ramus horizontalis ossis pubis und dem obern (vordern) Rande der obern (vordern) Portion des Musculus obturator externus, bezeichnet durch den Austritt des Ramus adductorius anterior Nervi obturatorii.

2. Einen Ausgang zwischen der vordern (obern) Portion des Musculus obturator externus und der mittlern Portion desselben Muskels, bezeichnet durch den Austritt des Ramus adductorius posterior Nervi obturatorii.

3. Einen Ausgang zwischen der Membrana obturatoria interna und externa (dem dritten Aste des Nervus obturatorius folgend) in die mit Fettzellgewebe gefüllte Grube unter der hintern (untern) Portion des Musculus obturator (und von da aus allenfalls noch weiter zwischen dem untern Rande dieser Muskelportion und dem Ramus ascendens ossis ischii hindurch).

4. Einen Ausgang zwischen der Membrana obturatoria externa und der Incisura acetabuli (Vide oben pag. 4).

Von diesen Lagerungsweisen grösserer Hernien des Foramen ovale hat der vierte angegebene Ausgang am meisten Unwahrscheinlichkeit für sich, denn dieser ist zu eng und zu unnachgiebig. Nicht viel wahrscheinlicher ist es, dass Hernien durch den dritten Ausgang austreten werden, denn auch dieser ist eng und von ziemlich straffen Wandungen umgeben; die sonst im frischen Zustande weichere Membrana obturatoria interna hat ja gerade an dieser Stelle ihre festern Fasern und die Membrana obturatoria externa ist so ziemlich in ihrem ganzen Verlaufe aus solchen zusammengesetzt.

Die grösste Wahrscheinlichkeit haben der erste und zweite Ausgang für sich, weil beide mehr oder weniger in die Fortsetzung der Richtung des Canalis obturatorius fallen und durch den Austritt nicht unbedeutender Nervenäste bereits vorgezeichnet sind. Unter diesen beiden Ausgängen scheint aber wieder die grössere Wahrscheinlichkeit für den zweiten, nämlich denjenigen zwischen der vordern (obern) und mittlern Portion des Musculus

obturator externus zu sprechen, weil dessen Umgebungen (die Ränder der beiden genannten Muskelportionen) am nachgiebigsten sind, wenn auch derselbe in der Fortsetzung des Canalis obturatorius etwas gegen hinten gelegen ist.

Eine durch den ersten Ausgang [1] austretende Hernie müsste bei ihrem Weiterschreiten zwischen die Fascia sub-pectinea und den Musculus adductor brevis, also zwischen den letztern und den Musculus pectineus zu liegen kommen (bei noch grössern Volumen vielleicht noch zwischen Musculus adductor longus und brevis vide Taf. XII, Fig. 4); ein durch den zweiten (wahrscheinlichern) Ausgang tretender Bruch dagegen müsste seine Lagerung zwischen der Fascia interadductoria (also zwischen dem Musculus adductor brevis) und dem Musculus adductor magnus finden. [2]

---

[1] Ueber diesen sagt übrigens Vinson (l. c. pag. 42): »Ich habe schon bemerkt, dass der obere (vordere) Rand des Musculus obturator externus unmittelbar unter der äussern Oeffnung des Canalis obturatorius und vor der entsprechenden (gegenüberliegenden) Partie der Membrana obturatoria (interna) hinweggeht. Es erhellt aus diesem, dass der Musculus obturator externus (besonders dessen vorderer Rand) durch jene Theile, welche eine voluminöse Hernie bilden, leicht herab- (zurück-) gedrängt werden muss und dass er ihrem Austritte nur einen schwachen Widerstand leisten wird.«

[2] Vinson schreibt über das Verhältniss der Musculi adductores und des Pectineus zu einer voluminösern Hernia obturatoria (l. c. pag. 44) folgendes: »Wenn man den Musculus pectineus, wie man es mit Recht gethan hat, zu den Adductoren rechnet und deren viere zählt; zwei oberflächliche (den Pectineus und Adductor longus) und zwei tiefe (den Adductor brevis und magnus), so können wir uns, um die Lage dieser Muskeln mit einer Hernia obturatoria anzugeben, so ausdrücken, dass letztere, nachdem sie den (vordern) Rand des Musculus obturator externus überschritten hat, zwischen den zwei durch die oberflächlichen und tiefen Adductoren gebildeten Lagen eingeschlossen sich befindet.«

Aus diesen Worten ergiebt sich deutlich, dass Vinson hier die Lagerungsverhältnisse einer voluminösen Hernia obturatoria im Auge hatte, die durch den von uns bezeichneten ersten Ausgang ausgetreten ist und sich also unter dem Musculus pectineus und Adductor longus befindet. Einer Lagerungsweise, wie wir selbe oben für unsern zweiten Ausgang angegeben haben, erwähnt Vinson nicht, dagegen beschreibt er (pag. 50. l. c.) genau die Lagerungsweise von beobachteten Brüchen, die den von uns angeführten dritten Ausgang genommen hatten. Wir werden in der zweiten Abtheilung dieser Abhandlung darauf zurückkommen.

II. Zur Pathologie der Hernia obturatoria.

Ihre Benennung.

Der Name dieser Hernie wurde von den Schriftstellern verschieden gewählt: H. ovalaire (Garengeot), H. ovalis (Eschenbach), H. per foramen ovale (Günz), H. ovalaris (Klinkosch), H. iliaca anterior (Hesselbach), H. foraminis ovalis (Rust). Vinson giebt der Bezeichnung Hernie sous-pubienne (A. Bérard) den Vorzug, indem diese Hernie durch den Canalis obturatorius (Canal sous-pubien) und nicht durch das ganze Foramen ovale des Beckens sich bilde. [1] Die Engländer bezeichnen sie als Hernia thyroideal, H. through the foramen thyroideum (Astley Cooper, Frantz). Der Name Hernia obturatoria oder H. canalis obturatorii möchte wohl der passendste sein.

Einige Worte über die Bildung des Bruchsackes.

Schon Vinson hat derselben seine Aufmerksamkeit geschenkt und in folgenden Zeilen seine Ansichten klar darüber ausgesprochen: [2] „Die Bildung des Bruchsackes bei der Hernia obturatoria wurde noch nicht mit aller wünschbaren Sorgfalt studirt. Ich glaube, dass in der Mehrzahl der Fälle eine lange und permanente Arbeit die Bildung des Bruchsackes vorbereitet, lange bevor eine Portion des Netzes oder der Gedärme darin sich einklemmt, oder für immer darin verweilt. Die Membrana obturatoria und der Canalis obturatorius sind der Art für den Durchgang der Gefässe und des Nervus obturatorius von innen nach aussen geformt, dass man es nicht läugnen kann, dass daraus in den Fällen der *Atrophie des Fettzellgewebes* im Kanale nicht ein beständiges Bestreben des Peritonæum hervorgehen sollte, sich durch die Oeffnung auszustülpen, gegen welche jene Theile es drängen, welche die Hernie zu bilden trachten. In dem Maasse, wie der Canalis obturatorius nachgiebt oder durch die Gewalt der Eingeweide sich vergrössert, begiebt sich das Peritonæum in dem Kanale, welcher ihm geöffnet ist, mehr vorwärts, dehnt denselben aus und endigt damit, in diesem Theile ein *Infundibulum* (einen Trichter) in der Form eines Handschuhfingers oder eines Fingerhutes zu bilden. Dieser Zustand des Canalis obturatorius und jener Partie des Peritonæum's, welche sich in dessen Nähe befindet, *existirt häufig bei alten Leuten*, ohne dass sie desshalb mit einer eigentlichen Hernia obturatoria behaftet sind, oder wenigstens ohne dass man bei den Leichenöffnungen einen Theil der Gedärme oder des Netzes in dem Canalis obturatorius eingebettet fände. Ist aber dieser Sack einmal gebildet, so wird man begreifen, dass eine Partie der Gedärme oder des Netzes daselbst verweilen und zu allen Zufällen einer Hernie Veranlassung geben kann."

Ein solches Infundibulum beobachteten schon Hommel, Cassebohm und Lawrence; sie betrachteten es als eine Art einer Hernia obturatoria, bei welcher der Sack leer war. Ersterer zeigte als Prosector zu Strassburg dem Chirurgen Garengeot ein Beckenpräparat, wo in jedem Canalis obturatorius ein Sack des Peritonæum von der Grösse eines Taubeneies sich befand. Ueber den gleichen Gegenstand scheint Hommel an Zacharias Vogel brieflich berichtet zu haben, da der letztere die betreffende Stelle des Briefes citirt. [1] Im gleichen Werke sagt Vogel auch, dass Cassebohm als Prosector zu Berlin solche trichterförmige Ausstülpungen des Peritonæum's mehrere Mal in Leichen gesehen habe. Camper scheint der erste gewesen zu sein, welcher wahrnahm, dass dieser Zustand häufiger ist als man glaubt, und Lawrence beobachtete ihn an einem Cadaver, ebenso Cruveilhier. Vinson fand denselben bei seinen anatomischen Untersuchungen mehrmals, besonders bei alten Weibern. Er zeich-

---

[1] l. c. pag. 9 und 10.
[2] l. c. pag. 46.

[1] Abhandlung aller Arten der Brüche, Glogau 1769. pag. 203.

uete ein derartiges Infundibulum, das er im linkseitigen Canalis obturatorius bei der Leiche eines 75jährigen Weibes gefunden hatte. (Siehe Taf. XI, Fig. 4.)

Wie ferner Herr Professor Dr. Hermann Meyer in Zürich mir brieflich mittheilte (im Sommer 1854), hat auch er „vorgebildete Bruchsäcke" im Canalis obturatorius, seit er darauf achtete, sehr häufig gefunden, namentlich bei magern Individuen.

Wir können übrigens diese kurzen Bemerkungen über die Entstehungsweise einer Hernia obturatoria nicht schliessen, ohne auf die Betrachtungen hinzuweisen, welche Herr Dr. Wenzel Linhardt über den gleichen Gegenstand bei der Schenkelhernie macht. „Ich glaube," sagt er darin an einer Stelle, „dass in der Mehrzahl aller Brüche das Primäre die Bildung des Bruchsackes, das Secundäre hingegen das Nachfolgen der Eingeweide und das weitere Vergrössern des Bruchsackes sei."[1]

Ursachen der Hernia obturatoria.

Die Frage über die Ursachen dieses Bruches hängt mit jener über seine Entstehungsweise nahe zusammen und als eine der ersten Ursachen ist gewiss die oben erwähnte Atrophie des Fettzellgewebes im Canalis obturatorius anzusehen. Ist einmal der Bruchsack vorhanden, so mag der Eintritt einer Netz- oder Darmpartie in denselben durch verschiedene Momente begünstigt werden. Wir haben schon in unserer frühern Arbeit über diesen Gegenstand (in Henle und Pfeufer's Zeitschrift) die Bemerkung gemacht, dass bei stark gefüllter Harnblase der Annulus obturatorius gerade im Winkel zwischen der Seitenwand der letztern und derjenigen des kleinen Beckens liege. (Vergleiche Taf. XI, Fig. 4) Wahrscheinlich wird bei diesem Verhältnisse das Austreten einer Partie der Eingeweide in einen allfällig vorhandenen Bruchsack begünstigt werden.

„Die Ursachen einer Hernia obturatoria," sagt Vinson (l. c. pag. 59), „sind zweifach; die einen rühren von der anatomischen Beschaffenheit der Theile her, die andern sind zufällig und verbinden sich mit der erstern." Wir wollen die Aufzählung derselben aus seiner Abhandlung in folgenden Zeilen auszüglich wieder zu geben versuchen:

1. Das Erschlaffen (rélachement) oder eine beträchtliche Weite des Canalis obturatorius. (Siehe Taf. XI, Fig. 2 und 3.)

2. Die Beschaffenheit des Schambeins durch die Form einer Rinne (besonders wenn letztere sehr stark ausgesprochen ist).

[1] Ueber die Schenkelhernie, Erlangen 1852. pag. 38.

3. Die Lagerungsweise der Blase und des Rectums im Becken des Mannes und der Blase, des Rectums und des Uterus beim Weibe leitet die Eingeweide und drückt sie auf beiden Seiten gegen die Stelle, wo die Oeffnung des Canalis obturatorius sich befindet.

4. Die leichte Depression (gering ausgesprochene Einbuchtung) des Peritonæum's auf diese Oeffnung begünstigt ohne Zweifel ebenfalls den Austritt eines Eingeweides durch den Canal.

5. „Das zufällige oder durch Alter bedingte Schwinden des Fettes in dem Zellgewebe,[1] welches mit den Gefässen und dem Nervus obturatorius den gleichnamigen Kanal ausfüllt, ebenso ist nebst der vorigen die geringere Verbindung (laxere Anheftung) des Peritonæum's am Umfang der innern Oeffnung des Canalis obturatorius unstreitig die augenscheinlichste in der anatomischen Beschaffenheit der Theile gelegene Ursache dieser Art von Hernien.

6. Die Hernia obturatoria kömmt viel häufiger beim weiblichen Geschlechte vor. Auf 29 Fälle zählt Vinson 24 Weiber und nur 5 Männer.[2]

7. „Seit der Beobachtung von Garengeot, welcher die Hernia obturatoria bei einem Weibe vier Tage nach ihrer Entbindung entstehen sah, haben alle Autoren diesen Umstand als eine Prædisposition für diesen Bruch angeführt." —

„Leider ist es schwierig, bei dem Weibe den Grad des Einflusses der Schwangerschaft und der Entbindung auf die Hervorrufung dieser Affection auf eine gebührende Weise festzustellen, da die Autoren, welche die Hernia obturatoria beobachtet, es nicht angaben, ob die Kranken geboren hatten oder nicht, ob die mit dieser Gattung von Brüchen behafteten Frauen mehrere Schwangerschaften durchgemacht, ob die Entbindungen schwierig vor sich gegangen, ob ein oder mehrere Jahre zwischen den Geburten verstrichen seien etc."

„Die Meinung, dass die Schwangerschaft etwelchen Einfluss auf die Hervorrufung dieses Bruches haben kann, scheint wahrscheinlich, wenn man sich erinnert, dass in den letzten

[1] Vergl. unsern frühern Aufsatz, l. c. pag. 263, wo wir die gleiche Ansicht äusserten.

[2] Wir werden später auf diesen Gegenstand zurückkommen. Auf pag. 263 unsers frühern Aufsatzes bemerkten wir: »In Bezug auf die Ursache, dass die Hernia obturatoria sich mehr bei Weibern findet, ist zu bemerken, dass der Ramus horizontalis ossis pubis bei diesen länger ist als beim Manne und mit demjenigen der andern Seite unter einem stumpfen Winkel zusammenstösst. Die Folge dieses Verhaltens ist eine grössere Kürze und ein weniger schiefer Verlauf des Canalis obturatorius beim Weibe.«

Zeiten derselben die weichen Theile des Beckens, um mich des Ausdruckes von Richter zu bedienen, wie von Flüssigkeit durchtränkt sind und dass das Peritonæum des Beckens in Folge der Vergrösserung des Uterus gleichsam in den obern Theil des Unterleibes hingezogen, später eine Art Erschlaffung in seiner Portio obturatoria darbieten kann. Man begreift auch, dass schwere Geburten oder gewisse mit Heftigkeit gegen das Foramen obturatum gerichtete Handgriffe[1]) die Theile schwächer (nachgiebiger) machen und Ursache eines Bruches werden können. Jedoch entsteht die Hernia obturatoria gewöhnlich bei Weibern von sehr vorgerücktem Alter und folglich in einer von der Schwangerschaft und Geburt entfernten Lebensperiode. Uebrigens waren auch junge Mädchen damit behaftet (Eschenbach).«

8. In Bezug auf das Alter [2]) bemerkt Vinson, dass das jüngste Individuum, bei dem man eine Hernia obturatoria beobachtete, 17 Jahre zählte. (Es betraf einen an Hydrops verstorbenen Mann. Klinkosch.) Das älteste Individuum zählte nach ihm 81 Jahre, (Bouvier). Schon in userm frühern Aufsatze (l. c. pag. 263) zogen wir aus den Untersuchungen von zwei Kindesleichen den Schluss, dass die Hernia obturatoria bei Kindern selten vorkommen werde, indem bei denselben das Foramen ovale verhältnissmässig eine weit geringere Grösse habe, als bei Erwachsenen, und auch der Canalis obturatorius bei erstern viel enger, länger und schiefer gestellt und die von uns beschriebene Knochenrinne am Schambein (Sulcus obturatorius) viel weniger deutlich ausgesprochen sei. Vinson bestätigt diese Meinung (l. c. pag. 64) und sagt:

„Die Hernia obturatoria wurde noch nie beobachtet weder bei Kindern, noch bei Neugebornen, bei welchen die Eingeweide über dem (kleinen) Becken gelegen sind, bei welchen selbst die Harnblase nur zum Theil in dessen Höhle sich befindet, bei welchen endlich der Canalis obturatorius verhältnissmässig in Folge der geringen Entwicklung des Sulcus obturatorius enger ist.“

9. Durch seine eigenen und die Beobachtungen anderer Autoren (Camper, Dupuytren, Bouvier, Wetherfield) aufmerksam gemacht, rechnet Vinson noch die Magerkeit zu den Ursachen einer Hernia obturatoria. Auch in neuerer Zeit wurde dieser Bruch an magern Individuen wahrgenommen (Röser, Blazina, Schmidt, Paul). Dass derselbe am meisten bei abgemagerten alten Weibern beobachtet wurde, findet Vinson nicht auffallend, da bei ihnen, besonders wenn sie früher wohlbeleibt gewesen waren, das Fettzellgewebe des Canalis obturatorius geschwunden sei. Schon im anatomischen Theile seiner Abhandlung (pag. 39) bemerkt er: „Wenn man die in Canalis obturatorius enthaltenen Theile bei einer grossen Anzahl Individuen von verschiedenem Alter präparirt, so fällt einem sogleich der Umstand auf, dass in Bezug auf die Menge des (darin enthaltenen) Fettzellgewebes sehr grosse Unterschiede existiren und im Vorbeigehen sei es gesagt, dass die Atrophie dieses Fettzellgewebes eine der anatomischen Dispositionen ist, welche am meisten zur Entwicklung einer Hernia obturatoria bei alten abgemagerten Leuten beitragen.“

10. „Eine schwächliche Constitution wurde ebenfalls bei mehrern mit einer Hernia obturatoria behafteten Individuen angemerkt.“ (Maréchal, M. W . . ., Manec.)

11. „Unter den prädisponirenden Ursachen einer Hernia obturatoria erwähnt kein Autor des Einflusses, welchen die Bauchwassersucht hervorbringen kann. Uebrigens muss ich erwähnen, dass Klinkosch, als er die Section bei einem jungen Manne von 17 Jahren vornahm, der an Wassersucht gestorben war, zwei Hernien des ovalen Loches vorfand, beide durch eine Partie des Darmes und des Netzes gebildet. Aber wenn man auch zugiebt, dass in diesem Falle die Wassersucht der Entstehung des doppelten Bruches nicht fremd war, so muss man doch anerkennen, dass die Häufigkeit des Hydrops ascites auf der einen, und das verhältnissmässig seltene Vorkommen der Hernia obturatoria auf der andern Seite nicht zu dem Schlusse führen, dass die erstere dieser Krankheiten auf die Entwicklung der letztern einen bemerkenswerthen Einfluss ausübe.“ (Vinson pag. 65 l. c.)

12. „Die accidentellen (zufälligen) Ursachen einer Hernia obturatoria differiren wahrscheinlich nicht von jenen, welche auch die übrigen Hernien hervorrufen.“ (Vinson, l. c. pag. 66.) Als solche führt er an: Ein Eall auf den Hintern (Garengeot), das Aufheben einer schweren Last (Eschenbach), das Anziehen enger Stiefel (Dupuytren), Krampfzufälle (M. W...). In vielen andern Fällen wurde keine zufällige Ursache ausgemittelt (Rayer, Bouvier etc.).

—————

Da wir in den vorigen Zeilen eine kurzgefasste Angabe der Ursachen einer Hernia obturatoria niedergelegt haben, wie sie von Vinson in seiner Abhandlung angegeben wur-

—————

[1]) manoeuvres.

[2]) Unsere Angaben über dasselbe folgen später.

den, so reihen wir hier sogleich noch andere Daten an, welche auf diesen Gegenstand Bezug haben. Leider hatten wir aber nicht jede einzelne Krankengeschichte zur Hand, welche bis jetzt über die Hernia obturatoria veröffentlicht wurden und wo letzteres auch der Fall war, da waren oft in den Krankengeschichten selbst genauere Angaben nicht zu finden; auch Vinson klagt über den gleichen Umstand (l. c. pag. 64). Seit dem Erscheinen seiner Arbeit vermehrten sich die bekannt gewordenen Fälle der Hernia obturatoria bis auf 52; [1] er hatte deren 31 angeführt:

a. *Das Alter.*

Dasselbe konnten wir nicht ermitteln in 24 Fällen.

Es betrug:

10—19 Jahre	in 1 Falle (Klinkosch, vide ob.)	
20—29 »	» 2 Fällen (Eschenbach.)	
30—39 »	» 1 Falle (Cloquet H.)	
40—49 »	» 6 Fällen.	
50—59 »	» 6 »	
60—69 »	» 5 »	
70—79 »	» 5 »	
80 »	» 1 Falle (Cruveilhier.)	
81 »	» 1 » (Bouvier-Fiaux.)	

52 Fälle.

Wir fügen bei, dass Eschenbach seine zwei beschriebenen Fälle während des Lebens diagnosticirte und mit Bandagen nach der Reposition den Bruch zurückgehalten haben will. Die Richtigkeit der Diagnose darf in beiden Fällen in gerechten Zweifel gezogen werden. Der Fall von H. Cloquet bestand bei einem Weibe, das circa 36 bis 40 Jahre alt war. In den 24 Fällen, wo wir das Alter nicht ermitteln konnten, hatten wir entweder die betreffenden Krankengeschichten nicht zur Hand oder das Alter war in denselben gar nicht, oder nur mit unbestimmten Ausdrücken angemerkt, z. B. „eine alte Frau" (Wetherfield), „eine Mutter von 5 Kindern" (Löwenhardt). Aus den übrigen 28 Fällen ersehen wir, dass die Hernia obturatoria vor dem 40. Lebensjahre verhältnissmässig nur selten vorkam und wir können unsere fernern Schlüsse aus obigen 28 Fällen kürzer ungefähr auf folgende Weise feststellen: Unter 28 Fällen von einer Hernia obturatoria, bei denen das Alter genau sich angegeben fand, wurden 4 vor dem 40. Lebens-

jahre, 12 vom 40. bis zum 60., 10 vom 60. bis zum 80. Lebensjahre beobachtet. [1]

b. *Das Geschlecht.*

In 8 Fällen hatten wir die betreffende Litteratur nicht zur Hand oder das Geschlecht war in den Krankengeschichten nicht angemerkt. Die übrigen 44 Fälle kamen bei 9 männlichen und 35 weiblichen Individuen vor. Das Frequenzverhältniss der erstern zu den letztern ist also bei der Hernia obturatoria nahezu wie 1 : 4. Vinson zählte (l. c. pag. 61) auf 29 Fälle 5 Männer und 24 Weiber.

Dagegen sind bekanntlich die Leistenbrüche bei den Männern, die Schenkelbrüche aber wieder bei den Weibern häufiger; jedoch stimmen die Beobachtungen hierin nicht überein. Nach W. Linhart (l. c. pag. 43) schätzt die Londoner-Gesellschaft zur Verabreichung von Bruchbändern das Verhältniss der Leisten- zu den Schenkelhernien beim weiblichen Geschlechte wie 1 : 15, Mathey wie 1 : 7, Monnikoff wie 1 : 4, nach Malgaigne wäre es ungefähr wie 8 : 1. „Ueberhaupt," fügt Linhart hinzu, „darf man bei statistischen Arbeiten nicht vergessen, dass in einer gewissen Anzahl von Beobachtungen durch Zufall sich ein ganz anderes Verhältniss herausstellen kann, als in einer andern Gruppe, welche dieselbe Anzahl von Fällen hat, besonders wenn die Anzahl der beobachteten Fälle nicht sehr gross ist." Aus drei Zusammenstellungen ergab sich ihm in der ersten ein dem Malgaigne'schen nahezu gleiches Verhältniss, in der zweiten das Verhältniss wie 4 : 1, in der dritten gerade das umgekehrte, also wie 1 : 4.

c. *Vorkommen der Hernia obturatoria auf der rechten, linken oder auf beiden Seiten.*

Sie wurde gefunden: rechterseits 20 mal, linkerseits 14 mal, beiderseits 4 mal. In einem Falle bestund eine H. obturatoria links und ein kleiner leerer Bruchsack (Infundibulum) rechts, in einem andern Falle hatte das umgekehrte Verhältniss statt, in den 12 übrigen Fällen lagen uns die betreffenden Krankengeschichten nicht zur Einsicht vor, oder es war darin nicht angegeben, auf welcher Seite der Bruch beobachtet worden sei.

„Um endlich, wie bei den übrigen Hernien erklären zu können," sagt Vinson (l. c. pag. 66) „warum die Hernia obturatoria mehr auf

---

[1] Es sollen übrigens auch Scarpa, Froriep und Schreger und es mögen vielleicht noch andere Autoren Hernien dieser Art beobachtet haben, deren Beschreibungen uns jedoch fehlten.

[1] »Die Hernia obturatoria wurde noch nie bei Kindern beobachtet; sie kommt selten in der Jugend, weniger selten im reifern Alter vor und sie entsteht in rasch steigender Progression, je älter das Individuum wird.« Vinson. l. c. pag. 64. Er zieht diesen Schluss nur aus 14 Fällen.

der rechten, als auf der linken Seite beobachtet wurde, müssen wir auf die von oben nach unten vor sich gehenden Zusammenziehungen des Unterleibes (contractions abdominales) und auf deren Bestreben hinweisen, sich von links nach rechts zu erzeugen; in der That auf 20 Fälle existirte sie 12 mal rechts und 8 mal linkerseits." Wir gestehen, dass wir durch diese von Vinson gegebene Erklärungsweise über das häufigere Vorkommen der Hernia obturatoria auf der rechten Seite nicht belehrt sind, ohne jedoch in diesem Augenblicke im Stande zu sein, eine bessere an ihre Stelle setzen zu können. [1]

[1] Die neuesten statistischen Angaben über das Vorkommen der Brüche überhaupt, über Alter und Geschlecht der Bruchkranken bei der Hernia inguinalis und cruralis und über das Vorkommen dieser Brüche auf der rechten und linken Seite finden sich im II. Hefte der »Herniologischen Studien« von Hrn. Dr. Danzel zu Hamburg. (Göttingen 1855.) Diese lesenswerthe Schrift enthält in ihrem ersten Abschnitte eine Uebersetzung von Malgaigne's Vorlesungen über die Brüche, die letzterer im Jahre 1854 zu Paris gehalten hatte und die in der dortigen Gazette des hôpitaux erschienen sind. Sie ist vom Uebersetzer mit verdankenswerthen Anmerkungen und eigenen Beobachtungen begleitet und es sind darin überhaupt alle jene Momente berücksichtigt, welche auf die Lehre von den Brüchen Bezug haben.

Es war uns leider nicht mehr möglich, die Belehrungen, welche uns durch die Lectüre dieser Schrift zu Theil wurden, auch bei der Ausarbeitung der unsrigen zu Nutzen zu ziehen, denn dieselbe kam zu spät in unsere Hände. Es würde auch zu weit führen, alle die darin enthaltenen statistischen Angaben, über die Hernien im allgemeinen und über die Leisten- und Schenkelbrüche im besondern an dieser Stelle zu citiren. Wir entheben ihr blos folgende kurze Daten, welche mit den unsrigen über die Hernia obturatoria verglichen werden mögen und verweisen im Uebrigen auf die interessante Arbeit selbst.

a) Das Verhältniss der bruchkranken Männer zu den bruchkranken Weibern wurde von verschiedenen Autoren verschieden angegeben:

Von Louis . . . . wie 2 : 1.
» Monnikoff (zu Amsterdam) . » 3 : 1.
» Mathy (d'Anvers) . . . . . » 4 : 1.
» den Engländern . . . . . . » 6 : 1.
» Malgaigne (1835) . . . . . » 4½ : 1.
» Malgaigne (1836) etwas weniger » 4 : 1.
» Malgaigne (1837) wieder . . » 4 : 1.

Letztere Beobachtungen von Malgaigne wurden im Büreau central zu Paris angestellt und beziehen sich nur auf die ärmere Bevölkerung dieser Stadt (pag. 2 und 3).

b) Was das häufigere Vorkommen der Hernien auf der rechten Seite anbetrifft, so hält Malgaigne die Ansicht von Jul. Cloquet für die wahrscheinlichste, »welcher den Grund darin sieht, dass die bei weitem grössere Zahl der Menschen sich vorwiegend der Glieder der rechten Seite bedient.« »Wenn also,« sagt Malgaigne weiter, »um seiner Theorie Jemand rechts ist und nun eine Muskelanstrengung macht, so zieht sich auch das Zwerchfell zusammen und drängt die Gedärme nach vorne. In der Richtung dieses Druckes geht zuerst gegen die hypogastrische Gegend, die sehr stark ist, so dass, wenn der Druck gerade nach vorne

Lagerungsweise einer Hernia obturatoria in Bezug auf die (pag. 7) angeführten Möglichkeiten.

Die Lagerungsweise einer H. obturatoria hängt hauptsächlich von deren Grösse ab. Die öfters an Leichen älterer abgemagerter Personen zur Beobachtung kommenden leeren Bruchsäcke (Infundibula) sind gewöhnlich nicht grösser, als dass sie etwa eine Fingerspitze aufnehmen können. [1] Oft war ein solcher Bruchsack auch grösser, z. B. wie ein Taubenei (Hommel), ohne dass man ein Eingeweide darin gefunden hätte. In andern Fällen war der Bruchsack zwar von geringem Volumen, allein er enthielt doch wenigstens eine kleine Partie der Darmwandung (Littre'scher Bruch).

wirkt, kein Inguinalbruch die Folge davon sein kann; geht die Wirkung aber nach vorne und unten, welche Direction eben durch die Bauchwandung zu Stande kommt, so kann ein doppelter Bruch daraus resultiren. (pag. 22.)

c) In Bezug auf den Einfluss des Alters, auf die Entstehung der Leistenbrüche fand Malgaigne bei 300 Kranken, welche genau den Zeitpunkt des Ursprunges ihres Bruches angeben konnten, folgendes Resultat: (pag. 14.)

Von der Geburt bis zum 1. Jahre 22.
Vom 1. Jahre » » 5. » 7.
» 5. » » » 10. » 15.
» 10. » » » 20. » 26.
» 20. » » » 30. » 45.
» 30. » » » 40. » 66.
» 40. » » » 50. » 42.
» 50. » » » 60. » 36.
» 60. » » » 70. » 35.
» 70. » » » 80. » 11.
                                    ———
                                    300.

Beim Schenkelbruche fand Malgaigne unter 23 Subjecten nur einen einzigen Kranken unter 20 Jahren, 6 zwischen dem 20. und 30., 5 zwischen dem 30. und 40., 4 zwischen dem 40. und 50., 3 zwischen dem 50. und 60. und 4 zwischen dem 60. und 70. Jahre. (pag. 87.)

d) Interessant sind die Resultate, welche Hr. Dr. Danzel aus seinen herniologischen Studien zog und die er in einzelnen kurzen Sätzen niederschrieb. So lautet z. B. (pag. 123) der 23. derselben: »Auch die Frauen leiden mehr an Leistenbrüchen, als an irgend einer andern Bruchform.« Zu diesem Resultate gelangte durch Zählungen sowohl Malgaigne, als auch Danzel selbst. (Siehe pag. 78 seiner Schrift.) Wir haben schon gesehen, dass Linhart bei statistischen Angaben für Leistenbrüche mit Anmerkung auch Hr. Dr. Danzel (l. c. pag. 2. Anmerk. 1). »Im Allgemeinen,« sagt er am Schlusse dieser Anmerkung, »werden wir immer nur zu einer mehr oder minder richtigen Approximative gelangen und uns daher damit begnügen müssen, Zählungen nach verschiedenen Rubriken anzustellen und zu vergleichen. Das hat Malgaigne gethan und darin liegt der Werth seiner statistischen Untersuchungen: sie bezweifeln sich selbst auf jedem Schritt und sie stellen sich selbst immer neue Fragen.«

[1] In dem von uns im frühern Aufsatze erwähnten Falle konnte man das Nagelglied des Zeigefingers in den leeren Bruchsack einführen (l. c. pag. 269).

Die aufgefundenen Hernien wurden von den Autoren z. B. verglichen: mit einer Haselnuss (Eschenbach, Maréchal, Manec), mit einer Muscatnuss (A. Cooper, Wetherfield); man fand Brüche von der Grösse eines Eies (Duverney, Heuermann, Hipp. Cloquet, Vinson), 2 Zoll lang (Jul. Cloquet), 4½ und einmal 6½ Centimeter lang (Vinson), mehrere Zoll lang (Gadermann).

Wir haben oben (pag. 7) angeführt, dass bei geringerm Volumen eine Hernia obturatoria in dem mit Fettzellgewebe erfüllten Raume zwischen der obern (vordern) Portion des Musculus obturator externus und der Membrana obturatoria interna gelegen sei. In circa 11 von den bekannt gemachten Fällen lässt sich aus der Beschreibung diese Lage des Bruchsackes erkennen.

Wenn eine in diesem Fettraume gelegene Hernie sich vergrössert, so stehen ihr, wie wir oben aprioristisch angegeben haben, vier Wege zu ihrem Grösserwerden offen. (Siehe pag. 8.)

Bei Durchlesung der verschiedenen Sectionsberichte über die Fälle solch' voluminöser gewordenen Hernien lässt sich nun mit ziemlicher Gewissheit annehmen, dass die von Duverney, Hipp. Cloquet, Jul. Cloquet und Vinson (vide Taf. I) beschriebenen und vielleicht auch jene von Hr. Dr. Löwenhardt beobachtete Hernie durch den ersten der von uns angegebenen Ausgänge ausgetreten und auch die von uns ebendaselbst (pag. 8) angegebene Lage eingenommen habe.

Durch den zweiten Ausgang (mit dem Ramus adductorius posterior Nervi obturatorii zwischen die Fascia interadductoria und den Musc. adductor magnus, oder, wenn man will, zwischen Musc. adductor brevis und magnus schlugen die von Heuermann, Gadermann und wahrscheinlich auch jene von A. Cooper beschriebene Hernie ihren Weg ein [1]).

Die dritte von uns angegebene Möglichkeit der Lagerungsweise einer Hernia obturatoria wird einigermaassen durch den von Cruveilhier beschriebenen Fall (vide Taf. VI. Fig. 1) bestätigt; ebenso durch jenen von Manec (vide Taf. IV) und von Vinson (vide Taf. VIII).

In allen drei letztgenannten Fällen war wenigstens eine Partie des Bruchsackes dem dritten Aste des Nervus obturatorius in die Fettgrube hinter dem Muscul. obturator externus gefolgt. (Vide Taf. XII, pag. 4.)

Ein Beispiel einer Hernie, die den vierten (von uns als der unwahrscheinlichste bezeichneten) Ausgang genommen hätte, liegt bis dato noch nicht vor.

[1] Siehe unsern frühern Aufsatz. l. c. pag. 266.

Hören wir zum Schluss noch, was Vinson (l. c. pag. 49) über die Lagerungsweise grösserer Brüche sagt: „Wenn der Grund des Bruchsackes die äussere Oeffnung des Canalis obturatorius überschritten hat, so kann er sich auf zwei verschiedene Arten verhalten: in den von Hrn. Cruveilhier und Hrn. Demeaux beobachteten Fällen, sowie in demjenigen, welchen ich jüngst untersucht habe, war der Grund (Fundus) der Hernia obturatoria zwischen der Membrana obturatoria (interna) und dem Musculus obturator externus gelegen; in dem Falle, welchen ich präparirte (Taf. VIII), war die Hernie auf obige Weise zwischen der Membrana obturatoria (interna) und dem genannten Muskel eingebettet und drückte auf diesen letztern, welcher sich vor derselben nach vorn (unten) bog; dieselbe befand sich, sowie auch der Muskel in einer dichten Masse von Zellgewebe. Wenn man auf diesen vorgebogenen Theil drückte, so fühlte man einen elastischen Widerstand, den ein kleiner mit Luft gefüllter Sack darbietet. In allen diesen Fällen war der Grund der Hernia obturatoria in nächster Beziehung mit der hintern (innern) Oberfläche des Musculus obturator externus (d. h. an denselben anliegend) und hob den Musculus pectineus (durch Vermittelung des erstern) in die Höhe.“

„In andern Fällen drückt die noch mehr nach aussen sich entwickelte Hernie den obern (vordern) Rand des Musculus obturator externus nieder und die hintere Fläche des Bruchsackes lehnt (legt) sich zum Theil auf die vordere (äussere) Fläche dieses Muskels; der Grund (Fundus) der Hernie legt sich auf den Musculus adductor brevis und berührt selbst über dem obern Rande des Adductor brevis eine kleine Partie der vordern Fläche des Musculus adductor magnus, welche man in dieser Gegend wahrnimmt. So waren genau die Verhältnisse in jenem Falle, welchen ich in der Klinik des Hrn. Rayer sorgfältig untersuchte (siehe Taf. I und II). In diesem Falle war die vordere und obere Fläche des Bruchsackes durch den Musculus pectineus bedeckt, der vom Ramus horizontalis des Schambeins in der Form einer Platte herabstieg und sich auf die Hernie legte.“ (Auf Taf. I ist dieser Muskel mit zwei Haken in die Höhe gehoben, um die Hernie besser sehen zu können.)

Aus obigen Worten ergiebt sich klar, wie wir schon oben (pag. 8) angegeben haben, dass Vinson nur jene Lagerungsverhältnisse grösserer Brüche im Auge hatte, wie wir selbe für unsern ersten und dritten Ausgang angaben. Der Lagerungsweise, wie wir selbe für unsern zweiten Ausgang anführten, erwähnt er nirgends.

Einige Verhältnisse der Bruchpforte, des Bruchsackes und seines Inhaltes.

Wir haben oben gesehen, dass das Volumen des Bruchsackes bei der Hernia obturatoria ein variables ist,[1] das gleiche gilt auch vom *Lumen* der *Bruchpforte*. Oft gewährte dasselbe kaum der Spitze eines Fingers Durchtritt, in andern Fällen war es sehr beträchtlich. So hatte es z. B. einen Durchmesser von 8 Linien in dem Falle von De meaux, 11 Linien Quer- und 8 Linien Höhendurchmesser in dem Falle von Bouvier und ebenso in einem Falle von Vin son, 4½ Centimeter Durchmesser in einem andern Falle desselben Autor's, 1 Zoll in jenem von Gadermann und endlich in einem von Blazina beschriebenen Falle 13 Linien Quer- und 9 Linien Höhendurchmesser.

Die grössere oder geringere Weite der Bruchpforte bedingt, wie sich wohl von selbst versteht, einigermaassen auch die Form und Grösse des *Bruchsackes*. Ist die Pforte eng, der Bruchsack aber weit, so entsteht mehr eine birnförmige, im umgekehrten Falle aber eine mehr trichterförmige Gestalt des Sackes. Eine allmählige Atrophie des Fettzellgewebes und der Muskeln im höhern Alter oder bei beträchtlicher Abmagerung, die Ausdehnung des Bruchsackes durch seinen Inhalt, das Nachgeben der hier in Betracht kommenden Muskeln und Ligamente werden zur Vergrösserung einer Hernie wesentlich beitragen.

„Je nach der Länge seines Bestehens," sagt Vinson (l. c. pag. 49), und je nachdem er der Sitz einer mehr oder weniger lebhaften Entzündung war oder nicht, kann der Bruchsack mehr oder weniger an seiner innern oder äussern Oberfläche an die ihm anliegenden Theile angewachsen sein." Später (l. c. pag. 57) zählt Vinson die bisher beobachteten pathologischen Veränderungen des Bruchsackes auf: Verwachsung einer Partie des Ileums, welches die Hernie bildete, mit dem Bruchsacke (M. W...), Verwachsung des Bruchsackhalses mit dem darin enthaltenen Eingeweide (Gadermann), Verwachsung der äussern Fläche des Bruchsackes mit allen Muskelpartien, welche ihn umgaben (Vinson, pag. 113 und Taf. I, D.). In andern Fällen waren die krankhaften Veränderungen noch beträchtlicher: Man fand den ganzen Bruchsack sphacelös und er bot mehrere Durchbruchsstellen dar, überdiess enthielt er eine stinkende Jauche, welche durch die Perforationsstellen ausgetreten war und sich in den benachbarten Muskeln bis zur Mitte des Oberschenkels ausgebreitet hatte (Gadermann); die Bruchgeschwulst war von Eiter

infiltrirt und zeigte ebenfalls deutliche Spuren von Gangraen (Bouvier); der Bruchsack bot an mehrern Puncten eine intensive und bläulichte Röthe dar, an andern Stellen war er wie marmorirt und von schwarzen Flecken durchsetzt und eine saniöse Flüssigkeit füllte seine Höhle an (Vinson). In andern Fällen endlich fand sich am Bruchsacke wenig krankhaftes, wie z. B. in jenem von Manec, wo der Kranke sehr bald nach den ersten Anfällen der Einklemmung gestorben war.

Es erübrigt mir, an dieser Stelle noch einige Worte über die Fettanhänge zu sprechen, welche man in mehreren Fällen einer Hernia obturatoria an der äussern Fläche und hauptsächlich am Fundus des Bruchsackes gefunden hat: Es ist bekannt, dass das subperitoneale Zellgewebe oft mehr, oft weniger Fett enthält, welches stellenweise, besonders in der Nähe des Leisten- und Schenkelkanals und des Nabelringes beträchtlichere Klümpchen bildet. Dass dieses subperitoneale Fettzellgewebe auch am Annulus obturatorius nicht fehle und dass es dort mit dem im Canalis obturatorius befindlichen Fette zusammenhänge, haben wir oben (pag. 4) gesehen. Stülpt sich nun aus irgend welcher Ursache eine Partie des Peritonæum in den Canalis obturatorius ein, so ist leicht ersichtlich, dass jenes Fettzellgewebe, welches ihm anhängt, gleichsam die äusserste (vordere) Partie eines Bruchsackes bilden müsste. Dergleichen Fälle sind wirklich durch die Beobachtung constatirt und zwar z. B. durch Blazina (Prager Vierteljahrsschrift, V. Jahrgang 1848, nebst der betreffenden Abbildung) und durch Vinson (l. c. pag. 113 und Taf. I, B' dieser Abhandlung, und ebendaselbst pag. 117 und Taf. VIII, C. und D.).

Vergrössert und vermehrt sich das obgenannte subperitoneale Fettzellgewebe und mit ihm oder für sich allein das im Canalis obturatorius, oder gar jenes zwischen Musculus obturatorius externus und der Membrana obturatoria interna sich befindliche Fettgewebe, auch ohne dass zugleich ein Bruchsack vorhanden ist, so entsteht jener Zustand, welchen die Autoren eine *Hernia adiposa s. spuria* nennen.

Ueber diese Art Hernien des Schenkelkanals bemerkt Linhart (l. c. pag. 33) folgendes: „Endlich ist es wohl hier am Platze, die in diagnostischer Beziehung so wichtigen *Herniæ adiposæ oder spuriæ* aufzuführen. Denn diese lipomatösen Vergrösserungen des subperitonealen Fettes und Zellstoffes, die sich in die anliegenden Gebilde einbetten und endlich eine deutliche Geschwulst erzeugen, kommen, die vordere Bauchwand ausgenommen, an kei-

[1] Siehe pag. 13.

ner Stelle so häufig als im Schenkelbuge vor. Sie werden sehr häufig für Netzbrüche gehalten. Da sie an und für sich, ausser einem manchmal eintretenden lästigen ziehenden Gefühle, keine Beschwerden verursachen, sind sie im Allgemeinen kein Gegenstand besonderer Aufmerksamkeit. Sie entstehen nur bei fettleibigen Frauenspersonen und kommen, weil sie meist auch verheimlicht werden, zwar selten zur ärztlichen Beobachtung, sind aber keineswegs so selten."

„Die Herniæ adiposæ im Schenkelbuge entstehen durch partielle Vergrösserungen theils des subperitonealen, theils des die Schenkelgefässscheide ausfüllenden, in diesen Fällen immer ohnehin schon fettreichen Zellstoffes und treiben bei der Vergrösserung die Vagina vasorum femoralium Bruchsack ähnlich vor sich her."

„So unschuldig diese Fettablagerungen an sich sind, so verdienen sie doch aus doppeltem Grunde die Aufmerksamkeit des Arztes in hohem Maasse. Denn einmal üben sie bei ihrem Hervortreten einen Zug am Peritonæum, wodurch eine Grube entsteht, die um so tiefer wird, je mehr das Fett nach abwärts steigt; dieser Grube folgen natürlich auch die Därme und so entsteht eine wahre Hernie, deren Bruchsack dann mit einer bedeutenden Menge Fettes bewachsen erscheint. Anderseits aber kann zufällig beim Vorhandensein einer solchen Fettvorlagerung eine Peritonitis entstehen, welche dem Arzte bedeutende diagnostische Schwierigkeiten machen kann. Denn da die Fetthernien ohnehin irreponibel sind, so ist es sehr leicht, ja in manchen Fällen kaum zu vermeiden, dass in diesem Falle die Diagnose auf eine Hernia incarcerata gestellt wird."

Was für Symptome eine derartige Hernie hervorbringe, wenn sie sich am Canalis obturatorius entwickelt, müssen zukünftige Beobachtungen darthun. [1]

In Bezug auf den *Inhalt des Bruchsackes* bemerken wir, dass auf 32 Fälle 21 mal eine Partie des Darmrohres (gewöhnlich des Dünndarms) darin enthalten war; 7 mal fand sich Netz und Darm darin, 3 mal die Blase und 1 mal der rechte Eierstock und die Tuha Fallopii dextra (Blazina). In andern Fällen, welche zur Beobachtung kamen, war der Inhalt des Bruchsackes nicht näher bezeichnet, wieder in andern fand man nur leere Bruchsäcke, und wo man die Hernia obturatoria am Lebenden beobachtete, lassen sich einzig nur Vermuthungen aufstellen, welche Theile im Bruchsacke enthalten gewesen sein mögen.

Sogenannte Littre'sche Brüche, bei welchen sich nur eine Darmwand im Bruchsacke befindet, wurden ebenfalls beschrieben. [1]

Gleichwie der Bruchsack, so können die darin enthaltenen Theile verschiedene pathologische Veränderungen [2] darbieten, je nach dem längern oder kürzern Bestehen des Bruches oder je nach dem längern oder kürzern Bestehen einer allfälligen Einklemmung. Da aber jene Veränderungen sich von denen anderer Hernien durch nichts unterscheiden, so können wir die weitere Aufzählung derselben hier füglich übergehen.

Complicationen einer Hernia obturatoria mit andern Hernien und mit andern Krankheiten.

Unter 52 Fällen hatte man 37 mal ausser der Hernia obturatoria keinen anderweitigen Bruch vorgefunden. Eine H. obturatoria dextra nebst einer H. inguinalis dextra zeigte sich in 1 Falle, eine H. obturat. dextra nebst einem recht- und linksseitigen Inguinalbruche ebenfalls in 1 Falle; in einem dritten Falle bestund eine H. obturat. dextra und eine H. cruralis dextra. In 2 Fällen war ausser einer linksseitigen Hernia obturatoria auch eine linksseitige Hernia cruralis vorhanden, 1 mal bestund zugleich eine H. obturat. sinistra und H. cruralis dextra, 1 mal eine H. obturat. sinistra und eine heiderseitige H. cruralis, 1 mal eine linksseitige H. obturat. und ein Nahelbruch und endlich 1 mal eine H. obturat. dextra und ebenfalls ein Nahelbruch. In 2 weitern Fällen bestund die H. obturat. rechterseits und 1 mal linkerseits und war mit andern Brüchen complicirt, deren Angabe uns gegenwärtig jedoch nicht möglich ist. In 2 Fällen ist in der betreffenden Krankengeschichte weder angegeben, auf welcher Seite die H. obturat. sich befand, noch mit was für einem andern Bruche selbe complicirt gewesen sei. In dem von Hahn beschriebenen Falle endlich bestund nehen der rechtseitigen Hernia obturatoria ein kleiner reponirbarer Schenkel-

---

[1] Vergleiche den Aufsatz von Blazina l. c.

[1] Vinson, l. c. pag. 121 und Taf. V, Fig. 1 dieser Abhandlung. Dann jener Fall von Cruveilhier; siehe Taf. VI, Fig. 2 ebendaselbst.

[2] So war z. B. in dem Falle von Dr. Paul die vorgefallene Darmschlinge dunkelschwärzlich injicirt; in jenem von Hahn »sphacelös, sehr mürbe, leer und an der vordern Seite durchbohrt, aus welcher Oeffnung ein langer Spulwurm hervorragte« (Günsburg, Zeitschrift für klin. Medicin. IV. Bd. 5. Hft. pag. 341 und 342). Jn dem von Hrn. Dr. Schmidt beobachteten Falle enthielt der Bruchsack eine zwei Zoll lange brandige Darmschlinge. (Siehe unsern frühern Aufsatz, l. c. pag. 268) Löwenhardt fand in seinem Falle zu äusserst an der Darmschlinge einen kleinen Brandschorf. (Deutsche Klinik Nr. 22. 1854.)

bruch auf der gleichen Seite und zudem noch eine H. inguinalis sinistra. [1]

Was die Complication einer Hernia obturatoria mit andern Krankheiten anbelangt, so lassen wir hierüber Vinson sprechen. Er sagt (l. c. pag. 58): „Von allen Complicationen einer Hernia obturatoria ist die *Peritonitis* [2] am häufigsten. Sie wurde beinahe in allen Fällen einer eingeklemmten Hernia obturatoria beschrieben, wie man sich auch bei der Durchlesung der Beobachtungen überzeugen kann." (Brechet, J. Cloquet.) [3]

„Ein constantes Factum, welches sich leicht durch das Anhalten der Fæcalstoffe erklärt, das ist die starke *Ausdehnung* der obern Partie des eingeklemmten Darmrohres. Dieser Zustand wurde von allen Autoren angemerkt, welche ihre Beobachtungen sorgfältig sammelten. Diese enorme Ausdehnung des obern Theiles vom Darme ist mehrern Beobachtern aufgefallen und half ihnen oft nach dem Tode entweder innere Einklemmungen oder eine Hernia obturatoria oder andere Hernien constatiren, welche unbemerkt (unerkannt) abgelaufen waren. In einem Falle einer Hernia obturatoria, welchen ich vor Kurzem beobachtete, war die obere Partie des Darmes mehr als zwei mal dicker, als die unterhalb der Einklemmung gelegene." (Siehe Taf. IX.)

Die Vasa obturatoria, der Nervus obturatorius und ihr Verhalten zu einer gleichnamigen Hernie.

Gewöhnlich entsteht die *Arteria obturatoria* aus der Hypogastrica, in vielen Fällen nimmt sie aber aus der Cruralis ihren Ursprung. Ueber letzteres Verhältniss bemerkt Hyrtl: [4] „Entspringt die Arteria obturatoria aus der Cruralis unter dem Poupart'schen Bande, so fliesst ihr Ursprung gewöhnlich mit der Arteria epigastrica inferior zusammen, so dass beide Gefässe einen kurzen Truncus communis haben. Die Arteria obturatoria muss in diesem Falle wieder in das Becken zurücklaufen, um durch das Foramen obturatum herauszugehen zu können. Sie steigt also an der vordern Fläche der Vena cruralis zur Lacuna vasorum cruralium

empor, und krümmt sich um die hintere obere Fläche des Ramus horizontalis ossis pubis zum Canalis obturatorius herab."

„Nicht selten ist der Fall, wo eine schwache normale Arteria obturatoria mit einer aus der Cruralarterie entsprungenen sich vor dem Eintritte in den Canalis obturatorius verbindet (Portal, Hesselbach, Münz)."

„Nach J. Cloquet's, an 250 Leichen vorgenommenen Erhebungen dieses Gegenstandes, stellt sich folgendes Verhältniss dar:

Normaler Ursprung . .	160	{ 87 Männer. / 73 Weiber.
Aus der Art. epigastrica auf beiden Seiten	56	{ 21 Männer. / 35 Weiber.
Aus der Art. epigastrica auf einer Seite	28	{ 15 Männer. / 13 Weiber.
Unmittelbar aus der Art. cruralis	6	{ 2 Männer. / 4 Weiber.
	250.	

„Das aus dieser Tabelle resultirende Verhältniss der Norm zur Anomalie = 3 : 1, welches grösser ist, als bei irgend einer andern Versetzung eines Gefässursprunges, erklärt sich aus dem, was weiter unten (§. 336. a), über die Anastomosen der Arteria epigastrica inferior mit der Obturatoria angeführt wird."

An dieser bezeichneten Stelle führt Hyrtl als Zweige der Arteria epigastrica inferior auf:
a. Den Ramus anastomoticus pubicus. „Er giebt gleich nach seinem Ursprunge einen Ast ab, Ramulus obturatorius, welcher mit dem Ramus anastomoticus pubicus der Arteria obturatoria (welchen Zweig sie vor dem Eintritt in den Canalis obturatorius ebenfalls, wie die Arteria epigastrica inferior, zur hintern Schamfugenfläche sendet) eine Verbindung eingeht. Es ist nicht zu verkennen, dass diese Anastomose zwischen der Epigastrica und Obturatoria durch stärkere Entwicklung zum abnormen Ursprung der Obturatoria aus der Epigastrica wird." [1]

Kürzer sind die Ursprungsverhältnisse der Arteria obturatoria durch folgende Worte von Lauth in seiner praktischen Anatomie ausgedrückt: [2] „Um sich das häufige Vorkommen dieser letztern Abweichungen [3] zu erklären, ist zu bemerken, dass beim Embryo zwei Hüftlochpulsadern vorgefunden werden, von denen die eine aus der Beckenschlagader, oder einem ihrer Zweige, die andere aber von der Schenkelschlagader entsteht, und welche sich am obern Theile des Hüftloches zu einem gemeinschaftlichen Stämmchen verbinden. Je nachdem nun

---

[1] Ueber das Vorkommen der H. obturat. auf beiden Seiten haben wir oben (pag. 12) unsere Daten angegeben.

[2] Auch in dem von Hrn. Dr. Schmidt beobachteten Falle war eine Peritonitis entstanden. (Siehe unsern frühern Aufsatz pag. 268.)

[3] Jul. Cloquet fand in der Nähe der in den Canalis ausgetretenen Partie des Darmes zwei kleine Oeffnungen, durch welche sich Fæcalmaterien in die Unterleibshöhle entleert hatten. (Siehe Taf. VII, Fig. 4.)

[4] Handbuch der Anatomie des Menschen. 2. Aufl. Wien 1850. pag. 696.

---

[1] Siehe Taf. XII, Fig. 2.
[2] Vergleiche Linhart, l. c. pag. 25.
[3] Des Ursprungs der Arteria obturatoria aus der Arteria epigastrica oder direckte aus der Arteria cruralis.

die eine dieser Wurzeln mit dem Wachsthum des übrigen Körpers sich vergrössert, während die andere in ihrer weitern Entwicklung gehemmt wird und folglich ihren frühern Durchmesser beibehält, so scheint beim Erwachsenen die Hüftlochschlagader ausschliesslich aus der einen oder der andern Quelle zu entspringen, man findet jedoch alsdann immer das Capillargefäss vor, welches in seiner Entwicklung zurückgeblieben ist und welches sich mit dem Hauptaste verbindet. In seltenen Fällen findet man beide Zweige gleich stark beim Erwachsenen, so dass die Hüftlochschlagader alsdann aus zwei gleichen Wurzeln entspringt.«

Unsere oben (pag. 5) gemachte Bemerkung, dass die Arteria obturatoria in ihrem Ursprunge, ihrer Grösse, ihrem Verlaufe und in ihren Verzweigungen sehr verschiedene Verhältnisse darzubieten scheine, ist also laut den vorigen Zeilen ziemlich begründet. Das Verhalten des gleichnamigen *Nerven* zur Arterie giebt Vinson (l. c. pag. 42) folgendermaassen an: »Während seines Verlaufes im Becken ist der Nervus obturatorius unter dem Peritonæum gelegen und von Zellgewebe eingehüllt. Die Verhältnisse, welche er zu den Gefässen *während seines Verlaufes* im Canalis obturatorius einnimmt, sind folgende: Der Nerv nimmt die äussere Partie ein, die Vene ist an der innern Seite des Nerven gelegen und die Arterie nach innen von der Vene.« [1]

Wenn nun, wie wir so eben gesehen haben, die Arteria obturatoria in Bezug auf Ursprung und Verlauf etc. so manigfach variirt, so wird dieses nicht weniger der Fall sein in ihrem Verhalten zu einer allfällig vorhandenen gleichnamigen Hernie.

Vinson hat sich die Mühe genommen, die Beziehungen der Gefässe und des Nervus obturatorius aus den ihm bekannten Krankengeschichten zusammenzustellen und giebt zuletzt (pag. 54, l. c.) mit folgenden Worten summarisch das erhaltene Resultat an: »Es ergiebt sich aus diesen anatomischen Untersuchungen, dass die Arterie sechs mal nach *aussen* vom Bruchsackhalse gelegen war (H. Cloquet, J. Cloquet, Cruveilhier, Rust, Demeaux und Bouvier); sechs mal fand sie sich nach *innen* [2] vom Bruchsacke (A. Cooper, Lawrence, J. Gadermann, Rayer, Manec, Vinson); in drei andern Fällen endlich wird bemerkt, dass die Arterie *hinter* dem Bruchsacke sich befand, jedoch ohne deutliche Angabe, ob selbe nach aussen oder nach innen gelegen war (Maréchal, Smith, King).« [1]

»Ich glaubte die beiden Fälle des Hrn. Rayer unter jene einreihen zu sollen, bei denen die Arterie an der innern Seite des Bruchsackes sich befand, indem der dickere Ast von der Bifurcation dieser Arterie nach innen vom Bruchsackhalse verlief und indem der äussere Ast kleiner war. In dem Falle, welchen ich kürzlich beobachtete, bot der äussere Ast die Feinheit (Dünnheit) eines Fadens dar.« (Vergleiche Taf. II und III dieser Arbeit.)

»Der Verlauf des *Nervus obturatorius* durch den gleichnamigen Kanal und der Druck, welchen die Hernie auf denselben ausübt, erklären die dumpfen Schmerzen, die Krämpfe und das Eingeschlafensein, welches die Kranken in mehreren Fällen von Brüchen des ovalen Loches empfunden haben. In einem der Fälle, welchen ich beobachtete, war der Nervus obturatorius, [2] während er durch den gleichnamigen Kanal verlief, nach der Art eines Bandes platt geworden und wand sich in dieser Form über die vordere Fläche des Bruchsackes.« (Siehe Taf. VIII.) [3]

---

pogastrica entsprang. Bei den Untersuchungen der betreffenden Fälle am Cadaver hatte man jedoch leider meistens die Ursprungsverhältnisse nicht beachtet; Gadermann sah sie aus der Epigastrica entspringen und dann an der innern Seite des Bruchsackes verlaufen; in dreien der von Vinson beschriebenen Fälle entsprang sie ebenfalls aus der Epigastrica, umfasste den Bruchsackhals mit zwei Aesten, wovon der dickere an der innern Seite desselben verlief.

[1] Hyrtl bemerkt über diese Verhältnisse folgendes: «Ausser der Arteria cruralis tritt noch die Obturatoria zum dicken Fleisch an der innern Seite des Oberschenkels, und wird vom Nervus obturatorius begleitet. Man hat den Musculus pectineus wegzunehmen, um den Austrittsort dieser Gebilde aus dem Canalis obturatorius zu sehen. Dieser Kanal wird in seltenen Fällen auch zur Pforte für einen Bruch — Hernia foraminis ovalis. Dieser Bruch hat *immer* die Gefässe und Nerven *unter* sich, und den horizontalen Schambeinast über sich. Es würde deshalb eine Erweiterung der Bruchpforte bei Einklemmungen in den beiden genannten Richtungen nicht möglich sein.» Handbuch der topographischen Anatomie. Wien, 1847. II. Bd. pag. 316.

[2] In dem von Hrn. Dr. Paul beobachteten Falle verlief der Nerve «nach aussen und bald nach unten von der Bruchgeschwulst weggedrängt; die Arterie mit und unter ihm, also auch an der äussern Seite; sie war klein und wahrscheinlich hatte sie mehrere Aeste schon innerhalb des Beckens abgegeben.» (Günsburg, Zeitschrift für klinische Medicin, IV. Bd. 5. Hft. pag. 341.)

[3] Es würde zu weit führen, wenn wir die verschiedenen Modificationen über den Verlauf der Arterie und des Nervus obturatorius alle aufzählen wollten. Es sei jedoch noch bemerkt, dass Demeaux und

---

[1] Die nähere Beschreibung über die Arteria und den Nervus obturatorius siehe oben (pag. 5) bei der Anatomie des Canalis obturatorius.

[2] Es wäre von Interesse gewesen, zu wissen, ob bei der verschiedenen Lage der Arteria obturatoria zum Bruchsacke, dieselbe auch stets den gleichen oder auch einen wechselnden Ursprung genommen habe, d. h. ob sie z. B. nicht bei ihrer Lage nach *innen* vom Bruchsacke aus der Arteria epigastrica und bei der Lage nach *aussen* vom Bruchsacke aus der Arteria hy-

Käme jemanden in den Fall, das Debridement bei einer Hernia obturatoria vornehmen zu müssen, so ergiebt sich aus obiger Zusammenstellung von Vinson klar, dass die Stelle, wo ein oder mehrere Einschnitte gemacht werden sollten, nur schwer oder gar nicht zu finden ist, wollte man die Verletzung der Arteria obturatoria ganz und gar ausweichen.

Es wird sich aber im Laufe der folgenden Zeilen herausstellen, dass die Stelle der Einklemmung der besagten Hernie für's Erste wahrscheinlich nicht immer am Bruchsackhalse sich befindet und dass anderseits die Gefahr bei einer allfälligen Verletzung der Arteria obturatoria vielleicht doch nicht so überaus gross sein wird. — In dieser Beziehung entnehme ich, ohne schon an dieser Stelle etwa der Frage über die Möglichkeit oder Zulässigkeit der Operation einer Hernia obturatoria vorgreifen zu wollen, der Abhandlung von Linhart folgende treffliche Worte, welche er über Verletzung der Arteria obturatoria bei der Operation der Schenkelhernie (pag. 35, l. c.) niedergeschrieben: „Ich muss auch gestehen, dass ich nie, wenn ich selbst operirte, auch nur die geringste Besorgniss wegen möglicher Verletzung dieser Arterie gehabt habe und auch nie eine haben werde; und zwar aus folgenden Gründen:

Erstens ist die Einklemmung, wie wir später sehen werden, fast immer tiefer, als diese Arterie liegt (nämlich an der Vagina vasorum femoralium selbst) und man kömmt mit dem Knopfbistouri oder Herniotome gar nicht zur Arterie.

Zweitens, gesetzt auch, die Einklemmung wäre höher oben, blos am Bruchsacke, so muss der Chirurg bedenken, dass er den Schnitt in die einklemmende Stelle so gross machen muss, dass das vorgelagerte Eingeweide ohne Druck und Quetschung zurückgebracht werden kann. Kömmt da die abnorm verlaufende Arteria obturatoria in den Schnitt, was er früher nicht wissen konnte, so ist ihre Durchschneidung unvermeidlich und der Chirurg muss sich zu helfen wissen, wie bei anderen ähnlichen Verletzungen.

Drittens endlich ist das Durchschneiden von Arterien solchen Kalibers von gar keiner Be-

deutung. Man bedenke nur, wie oft bei Exstirpationen oder Plastiken in der Backe die Maxillaris externa, bei totalen Enucleationen des Unterkiefers dieselbe Arterie auch beiderseits, zugleich oft noch die Arteria maxillaris interna, diese immer bei Exstirpationen des Oberkiefers durchschnitten werden, ohne dass eine unstillbare Blutung erfolgt. Aufmerksam muss der Chirurg bei jeder Operation sein und ist er es, so kann er gewiss schnell genug helfen, wenn schon ein solcher Fall vorkommen sollte."

Nach dem bisher Gesagten können wir daher schliesslich die geringen Resultate über die Untersuchung der Vasa und des Nervus obturatorius in ihrem Verhalten zu einer gleichnamigen Hernie kurz so angeben, dass bis dato keine bestimmte Gesetze über den Verlauf der Vasa und des Nervus obturatorius bekannt gemacht worden sind, deren Befolgung den Operateur vor einer möglichen Verletzung jener Theile ganz sicher stellen oder denselben eine solche Verletzung voraussehen lassen. Wir verweisen, in Bezug auf diesen Gegenstand, übrigens hiemit auf den Abschnitt, welcher die Operation einer Hernia obturatoria besprechen wird.

Wo kann die Einklemmung einer Hernia obturatoria statt finden? Welches sind die Ursachen derselben?

Suchen wir von diesen beiden Fragen die erstere zu beantworten, so werden wir vor allem darnach trachten, uns aus der Anatomie der betreffenden Theile die engern Stellen zu vergegenwärtigen, durch welche eine Hernia obturatoria von grösserm oder kleinerm Volumen ihren Austritt nehmen kann, indem ja gerade durch dieselben die Bedingungen zur Einklemmung am ehsten gegeben sind, wenn letztere gleichwohl in der Wirklichkeit auch anderswo vorkommt und durch andere Ursachen bedingt sein kann. Als solche Stellen können wir betrachten:

1) Den Annulus obturatorius. Besteht die Einklemmung bei *einer kleinern Hernie*, so wird ihr Sitz wohl meistens daselbst zu suchen sein.

2) Für *grössere Hernien* mag die Oeffnung zwischen dem Ramus horizontalis ossis pubis und dem obern (vordern) Rande des Musculus obturator externus, oder jene zwischen der vordern (obern) und mittlern (auf der resistenten Membrana obturatoria externa gelegenen) Portion desselben Muskels, oder endlich jene zwischen der Membrana obturatoria interna und externa sich befindliche Oeffnung als Einklemmungsstelle dienen, je nachdem eine solch' grössere Hernie durch eine dieser Oeffnungen

---

Bouvier die Arteria obturatoria beim Eintritt in den gleichnamigen Kanal nach *aussen* vom Bruchsackhalse gelegen fanden; in ihrem weitern Verlaufe begab dieselbe sich jedoch an die *innere* Seite des Bruchsackes, umkreiste also den letztern in einer Halbspirale. Wie wir oben gesehen, hat Vinson diese zwei Fälle zu jenen gerechnet, wo die Arteria obturatoria nach *aussen* vom Bruchsackhalse gelegen war.

ausgetreten sein wird. [1] Mag jedoch die von uns beschriebene vordere (obere) Portion des Musculus obturator externus vielleicht keinen beträchtlichen Antheil an der Einklemmung grösserer Hernien haben, so muss doch in dieser Beziehung gewiss stets die Membrana obturatoria externa in Betracht gezogen werden, da sie, falls die genannte Muskelportion keinen Widerstand leisten würde, als ein festes derbes Band leichter zu einer Einklemmung Veranlassung geben kann, besonders wenn der Annulus obturatorius bei grössern Hernien beträchtlich erweitert ist, wie dieses in mehrern und in dem gleich zu besprechenden Falle vorkam. Schon F i a u x hat dieselbe bei dem in der Klinik von B o u v i e r beobachteten Falle einer nähern Beachtung gewürdigt. (Siehe Vinson l. c. pag. 110.) Ich übersetze aus der Beschreibung des pathologischen Befundes bei diesem Falle folgende Stelle:

„Was den Canalis obturatorius selbst anbetrifft, so misst seine sehr erweiterte Abdominalöffnung 11 Linien im transversalen und 8 Linien im vertikalen Durchmesser; die Abdominalöffnung der andern (linken) Seite gestattete kaum für die Einführung des kleinen Fingers Raum.“

„An seiner Cruralöffnung stellt sich ein resistentes aponeurotisches Band dar, welches diese Oeffnung in zwei beinahe gleiche Theile theilt, indem es schief von oben nach unten, von aussen nach innen und von hinten nach vornen sich richtet. [2] An der vordern und obern Partie dieses Bandes (arcade) befindet sich der Bruchsackhals, welcher unmittelbar auf demselben ruht. Es schien uns sehr wichtig, diese anatomische Thatsache anzugeben, denn dieses kleine Band hat, indem es die vordere (Schenkel-) Oeffnung verengt, deren Gleichheit in der Weite mit der innern (Abdominal-) Oeffnung aufgehoben, [3] woraus nothwendiger Weise die Compression der vorgefallenen Theile und das Bewirken der Einklemmung hervorging.“

L i n h a r t bemerkt (l. c. pag. 53) über den Sitz der Einklemmung von Schenkelbrüchen: „Praktischen Werth hat aber die Lehre vom eigentlichen Sitze der Incarceration wenig, da die einklemmende Stelle bei der Herniotomie immer mit dem Finger gesucht und endlich durchtrennt werden muss, man mag operiren wie man will.“

„Auch für die Taxis hat, wie wir später sehen werden, die Kenntniss vom eigentlichen Sitze der Einklemmung keinen praktischen Werth.“

Ob und in wie fern diese auf die Schenkelhernie Bezug habenden Worte auch für die Hernia obturatoria gelten können, müssen spätere Operationsversuche des letztern Bruches am Leichnam, oder wirklich ausgeführte Operationen lehren.

Ziehen wir nun die zweite in der Ueberschrift gestellte Frage in Betracht, so wollen wir hierüber vorerst V i n s o n sprechen lassen: „Was die *Ursachen der Einklemmung* dieser Art von Hernien anbetrifft,“ sagt er (l. c. pag. 67), „so genügt es, wenn das Eingeweide schon in einem Infundibulum, von welchem wir gesprochen oder in einem grössern Bruchsacke eingebettet ist, dass dieser letztere unter dem Einflusse einer Anstrengung sich ausdehne (sich erweitere), in Folge dessen eine neue Portion der Eingeweide sich einlagert und die Einklemmung vollendet. Wie bei andern Brüchen wird es auch genügen, dass Fæcalstoffe und Gase in der im Canalis obturatorius eingelagerten Partie Eingeweide sich anhäufen, auf dass die Symptome der Strangulation und Einklemmung sich offenbaren.“

Dr. P a u l schreibt über die Einklemmung einer Hernia obturatoria: [1] „Die Einklemmung selbst findet kaum durch eine selbstständige Verengerung, Schnürung des Canalis obturatorius statt, sondern mehr durch ein zufälliges übermässiges Vor- und Eindrängen von Darm- oder Netzpartien und durch einen Entzündungs- und Exsudationsprocess im Bruchsackhalse. Ein an die Bruchpforte angewachsener Netzzipfel ist besonders im Stande, die vorgedrungene Darmpartie, die sich sonst durch lebhaftere peristaltische Bewegungen wieder frei machen könnte, an die Bruchpforte an- und in dieselbe hineinzudrücken. Viele der Brüche sind klein, sogenannte L i t t r e'sche, d. h. der Darmvorfall begreift nicht die ganze Peripherie des Darmrohres; grössere Brüche von 1, 3, 5 und mehr Zoll langen Darmschlingen (Ga d e r m a n n, S c h m i d t, der zweite von mir erzählte Fall u. a.) sind selten. Die erstern liegen gewiss nur immer vorübergehend in dem zu ihrer Aufnahme offenen Bruchsacke und jene Koliken sind die ominösen Zeichen ihrer Anwesenheit. Die Einklemmung solcher Darmsegmente ist niemals an sich sehr fest, und vorzüglich bei Hernien des Foramen ovale solcher Art wird

---

[1] Vergleiche oben (pag. 3) Musculus obturator externus und Membrana obturatoria externa und Taf. XII, Fig. 1, 3 und 4.

[2] Offenbar ist damit die von uns beschriebene Membrana obturatoria externa gemeint. (Siehe pag. 3.)

[3] Wenigstens in den angeführten und vielleicht auch in den übrigen Fällen, bei denen der Annulus obturatorius im Zustande bedeutender Erweiterung gefunden wurde. (Siehe oben pag. 15.)

[1] Zeitschrift für klinische Medicin, von Dr. G ü n s b u r g. Breslau, IV. Bd. 5. Hft. pag. 346.

angegeben, dass die Darmschlinge sich leicht lösste; trotzdem sind solche Brüche bekanntlich gerade von den stürmischsten Zeichen der Enteritis und Incarceration begleitet. Man kann den Grund dieser letztern Erscheinung nur darin finden, dass der Druck der Bruchsackpforte hier ein Darmstück trifft, das durchaus daran gar nicht gewöhnt ist, — analog den frisch entstandenen und sogleich eingeklemmten Brüchen; während bei einer länger darliegenden Darmschlinge oder gar bei einer darüber- und darumliegenden Netzhülle der Druck ein gewöhnter oder ein gemilderter ist. Bei einer vorübergehenden Incarceration eines Bruches bildet sich in Folge der gleichzeitigen Hyperæmie eine Exsudation im Bruchsackhalse und im subperitonealen Zellgewebe. Diese, sich vermehrend, rufen immer von neuem temporäre Abschnürungen hervor und Strohmeyer scheint mir ganz richtig „„die nächste Ursache einer Strangulation weniger oder gar nicht in der Contraction des Bruchsackhalses, als vielmehr in dem verschiedenen Verhalten dieser festen Exsudatmassen zu suchen, welche ausserhalb des Bauchfells um den am meisten gedrückten und gereizten Bruchsackhals sich bilden. Er stellt dieses subperitoneale feste Exsudat in Parallele mit der Narbensubstanz, welche nach seiner Erfahrung in Bezug auf deren physikalisches Verhalten entschieden von klimatischen und Witterungsverhältnissen abhängt.““[1]

Resumiren wir aus obigen von Vinson und Dr. Paul geschriebenen Stellen die Hauptpunkte über die Ursachen der Einklemmung einer Hernia obturatoria, so ergeben sich als solche:

a) Ein übermässiges Vor- und Eindrängen von Darm- oder Netzpartien in den Bruchsack.

b) Anhäufung von Fæcalstoffen und Gasen in dem vorgelagerten Darmstücke.

c) Einklemmung einer kleinen Partie eines Darmstückes oder gar nur einer einzelnen Stelle der Darmwand. (Littre'scher Bruch.)

d) Entzündungs- und Exsudationsprocesse am Bruchsackhals, durch deren fortgesetzte oder zeitweilige Erneuerung eine allmälige Verengerung des Bruchsackhalses entsteht.[2]

e) „Ein an die Bruchpforte angewachsener Netzzipfel ist,“ wie wir oben angeführt, „besonders im Stande, die vorgedrungene Darm-

partie, die sich sonst durch lebhaftere peristaltische Bewegungen wieder frei machen könnte, an die Bruchpforte an und in dieselbe hineinzudrücken.“ (Paul.)[1]

Linhart berührt bei Besprechung der Netzhernien (l. c. pag. 42) diesen Gegenstand ebenfalls mit folgenden Worten, die aber mehr auf ihre Entstehungsweise hindeuten: „Die Netzhernien im Allgemeinen, sowie die in der Bauchhöhle vorkommenden strangförmigen Adhæsionen des Netzes sind überhaupt ein sehr interessanter Gegenstand für die pathologische Anatomie und ihre Anwendung in der chirurgischen Diagnostik.

Ich will hier nur noch bemerken, dass ich sämmtliche strangartige Netzadhæsionen nicht für Entzündungsprodukte im Bruchsacke halte, sondern ich glaube, dass diese Adhæsionen schon früher in der Bauchhöhle bestanden und die Adhæsionsstellen als Bruchsäcke herabgezogen wurden. Für diese Behauptung spricht eine bedeutende Anzahl von mir gemachter Beobachtungen, darunter auch einige an Embryonen.“

Symptome und Zeichen einer Hernia obturatoria.

Unter obiger Aufschrift schrieb Vinson (l. c. pag. 67) manchen ganz schätzenswerthen Gedanken nieder; wir stehen desshalb nicht an, das von ihm darüber Gesagte möglichst getreu zu übersetzen:

„Die Zufälle, zu welchen eine Hernia obturatoria Veranlassung giebt, sind verschieden, je nachdem selbe reponirbar oder nicht reponirbar ist, je nachdem eine Einklemmung oder ein Hinderniss für den Durchgang der Fæcalstoffe in der im Canalis obturatorius vorgelagerten Darmpartie vorhanden ist oder nicht. Die Symptome variiren auch, je nachdem die vorgelagerten Theile zur Bildung einer äusserlich tastirbaren oder nicht tastirbaren Geschwulst Veranlassung gegeben haben.“

„Bei dieser Gelegenheit erinnere ich, dass Rust (vielleicht nach Gadermann, dessen Arbeit ihm als Führer gedient zu haben scheint) die Hernia obturatoria in eine Hernia Foraminis ovalis imperfecta und eine Hernia Foraminis ovalis perfecta eintheilt: „„So lange die Hernie,““ sagt er, „„sich im Canalis obturatorius befindet, kann man sie Hernia Foraminis ovalis imperfecta nennen. In diesem Falle sieht man keine Geschwulst; aber so bald sie aus diesem Kanale austritt, bildet sie eine An-

---

[1] Vergleiche den Aufsatz v. Rottek, Archiv für physiolog. Heilkunde. Tübing., 10. Jahrg. 1851. pag. 149.
[2] Ueber die sogenannte Obsolescenz der Bruchsäcke vergleiche ausser den eben angeführten Aufsätzen von Dr. Paul und v. Rottek auch jenen von Blazina, Prager Vierteljahrschrift, 5. Jahrg. 1. Hft. 1848. pag. 124.

---

[1] In dem von Hrn. Dr. Paul beobachteten Falle einer Hernia obturatoria befand sich ein Netzzipfel in der Bruchpforte und war damit fest verklebt.

schwellung an der innern und obern Partie des Oberschenkels, zwischen der Gelenkhöhle und dem Scrotum beim Manne und zur Seite des obern Theils der grossen Schamlippen beim Weibe; dieses ist dann eine *Hernia Foraminis ovalis perfecta.*" "

„Nachdem Rust diese zwei Stufen beschrieben hat, fügt er hinzu: „„Wenn dieser Bruch noch weiter vorwärts dringt, so kann er sich zwischen den verschiedenen Muskeln am obern Theile des Oberschenkels bis unter die Haut einen Weg bahnen."" "

„Wenn die Hernie den Canalis obturatorius nicht vollständig durchläuft, oder wenn nur ein (umschriebener) Punkt einer Darmfläche eingeklemmt ist[1] (auf die Weise, wie dieses im Falle des Hrn. Brechet stattfand, bei welchem gesagt ist, dass der Bruch an der vordern (äussern) Partie des Foramen ovale keine Schlinge bildete), dann ist auf dieser ersten Stufe die Hernia obturatoria äusserlich *nicht tastbar*[2] und kann während des Lebens nur sehr schwierig erkannt werden. Wenn die vorgelagerten Theile den Canalis obturatorius passirt und eine Geschwulst an der obern und innern Partie des Oberschenkels gebildet haben, so wird die Hernie *von aussen her tastbar (fühlbar)*. Jedoch kann diese Bruchgeschwulst tief liegen und durch den Musculus pectineus und Obturator externus bedeckt werden, also dass selbe sehr verborgen bleibt.[3] Seltener drängt sie diese Muskeln und die Adductoren auf die Seite und bahnt sich einen Weg bis unter die Haut, wo sie einen sehr deutlichen Vorsprung darstellt. Die von den Hrn. Rayer, Cruveilhier, Bouvier etc. beobachteten Fälle, waren Beispiele einer *tiefgelegenen,* äusserlich schwer erkennbaren Hernia obtura-

---

[1] Also bei einem Littre'schen Bruche.

[2] Linhart macht (l c. pag. 45) aufmerksam, dass man nach Malgaigne, um eine sogenannte unvollständige oder interstitielle Schenkelhernie zu erkennen, »die Spitze des Zeigefingers auf der innern Seite der Arteria femoralis gerade unter dem Poupartischen Bande fest aufdrücken und den Kranken husten lassen soll; es werde dann, wenn eine Hernie zugegen sei, der Finger durch einen von innen kommenden Druck weggehoben.« Linhart hält dieses Experiment für ziemlich unsicher und nur bei completer vorher reponirter Schenkelhernie leicht ausführbar, aber in diesem Falle dann auch für überflüssig. Ob vielleicht eine Hernia obturatoria imperfecta durch ein ähnliches Experiment zu diagnosticiren wäre, müssen wir dahin gestellt sein lassen.

[3] Wenn wir die Möglichkeiten der Lagerungsweise einer Hernia obturatoria uns vergegenwärtigen, so lässt sich dieses leicht erklären. Eben gerade je nach dieser Lagerungsweise wird eine voluminösere Hernia obturatoria leichter oder schwieriger von aussen her wahrzunehmen sein, weil sie dann von einer dickern oder dünnern Muskellage bedeckt sein wird. (Siehe oben pag. 7.)

toria. Die von Garengeot bei einer kürzlich Entbundenen und bei einem Sattler in der Rue du Sépulcre beobachteten Fälle und der Fall von Dupuytren sind im Gegentheil Beispiele einer Hernia obturatoria, welche *oberflächlich geworden* und von Aussen leicht sichtbar war."[1]

„Wenn eine Hernia obturatoria äusserlich keine Geschwulst bildet und wenn selbe nicht eingeklemmt ist, so deckt während des Lebens deren Existenz kein Zeichen auf. Wenn aber die Hernia obturatoria eine von aussen tastbare Geschwulst bildet, so erkennt man sie an folgenden Eigenthümlichkeiten: Die Geschwulst ist am Oberschenkel etwas mehr nach innen und ein wenig mehr nach unten gelegen, als bei der *Hernia cruralis*; die durch diese letztere gebildete Geschwulst ist mehr abgerundet und in der Richtung der Schenkelbeuge mehr länglicht. Was das Eingeschlafensein des Oberschenkels anbelangt, so ist dieses ein bei den obigen Arten von Hernien und auch andern in der Nachbarschaft des Schenkelbuges gelegenen Geschwülsten eigenthümliche Erscheinung; aber wenn dieses Eingeschlafensein besteht, ohne dass man eine Hernia cruralis, oder Geschwulste im Schenkelbuge, noch Affectionen der Nieren etc. beobachtet, so soll dieses den Arzt bestimmen, die Regio obturatoria auf eine sorgfältige Weise zu untersuchen."

„Man wird die Hernia obturatoria von Geschwülsten, welche durch angeschwollene Ganglien (Lymphgefässdrüsen) oder durch kleine Fettmassen gebildet sind, leicht unterscheiden und zwar dadurch, dass erstere fast immer einen Eingeweideton bei der Percussion ergeben wird, welch' letzterer man bei der Untersuchung der Regio obturatoria vornehmen soll. Die Bruchgeschwulst wird sich durch die Anstrengungen des Hustens vergrössern. Wenn die Hernia obturatoria reponirbar ist, so wird ihr Rücktritt in die Unterleibshöhle sehr gewöhnlich von einem Darmgeräusch begleitet sein, indem diese Gattung von Brüchen in den meisten Fällen durch den Darm allein oder in Begleitschaft mit dem Netze gebildet werden."

„Man wird die Hernia obturatoria leicht von der *Hernia inguinalis* unterscheiden. Die Form und Lage der Geschwulst und die vergleichende Untersuchung beider Inguinalringe können in dieser Hinsicht keinen Zweifel übrig lassen."

„Man wird die Hernia obturatoria nicht mit einem *kalten Abscesse* an der innern und obern Partie des Oberschenkels verwechseln; eine solche Eiteransammlung bietet immer eine deutliche Fluctuation und einen dumpfen

---

[1] Neuere Fälle dieser Art sind von Hahn, Löwenhardt, Röser, Menschel etc. beobachtet worden.

Schmerz in den Lenden dar, falls der Abscess seine Quelle in einer tuberculösen oder nicht tuberculösen Caries der Wirbelsäule hat."

„Die hauptsächlichsten Symptome einer *eingeklemmten* Hernia obturatoria sind die gleichen, wie bei andern eingeklemmten Unterleibsbrüchen: Von Anfang an entstehen oft Kolikschmerzen, Schluchzen, Aufstossen, Erbrechen, [1]) durch welches zuerst Speisereste, dann bald nachher gallichte Massen und endlich durch ihren Geruch und ihre Farbe erkennbare Fäcalmasse ausgeworfen werden; der Puls ist gedrängt, klein und hart, die Darmausleerungen sind unterdrückt, der Bauch wird schmerzhaft und aufgetrieben."

„Meistens besteht *äusserlich keine leicht wahrnehmbare Geschwulst* und meistens klagen die Kranken auch über keinen fixen Schmerz an der innern und obern Partie des Oberschenkels, wohl aber über einen mehr oder weniger lebhaften Schmerz an einer oder mehrern Stellen des Unterleibes. Daraus ergieht sich, dass der Arzt fast immer darauf geführt wird, die Zufälle, welche man in solchen Fällen beobachtet, einer innern Darmeinklemmung [2]) zuzuschreiben, welche entweder durch Netz- oder Zellgewebsbänder, oder durch Adhäsionen des Blinddarmanhanges (appendice coecal), oder durch Diverticula oder gar noch durch eine Einklemmung des Darmes durch das Epiploon, das Mesenterium oder ein anderes krankhaftes Organ hervorgebracht wurde. Dieser Irrthum ist manchmal um so leichter möglich, als die Kranken erklären, den Schmerz zuerst in der Nabelgegend, in den Lenden oder an jeder andern Stelle des Unterleibes gefühlt zu haben. Unter dem Einfluss dieser Angaben richtet der Arzt, nachdem er die Stellen untersucht hat, an welchen sich gewöhnlich Hernien bilden, den Nabel, den Inguinalring und die Schenkelbeugen, nicht alle wünschbare Aufmerksamkeit auf die Untersuchung der Regio obturatoria; und in den Fällen, wo er diese Untersuchung mit Sorgfalt aber ohne Resultat macht, bleibt er öfters bei dem Schlusse einer innern Einklemmung stehen, ohne davon genau den Sitz aufzusuchen und ohne sich zu bestreben zu entdecken, ob selbiger in der Beckenhöhle und besonders im Canalis obturatorius bestehe. Vielleicht könnte man bei alten Leuten, deren vordere Bauchwand viel Nachgiebigkeit zeigt,

um den Sitz des Uebels zu entdecken, einigen Vortheil ziehen von einem Drucke, welchen man hinter (über) dem Schambein anbringt und dabei die Haut und die Muskeln in die Tiefe presst."

„Doch würden andere Einklemmungen im Becken, hervorgerufen durch zellig-fibröse Bänder, gewiss Ursache zu Zufällen geben, die jenen bei einer eingeklemmten Hernia obturatoria ganz ähnlich sind. In diesen schwierigen Fällen muss man kein Mittel der Untersuchung vernachlässigen. Man wird mit dem Plessimeter vergleichend die beiden Regiones obturatoriæ percutiren, um sich zu überzeugen, ob nicht die eine oder die andere derselben einen Eingeweideton ergeben wird. Beim Weibe wird man versuchen, die innere Oeffnung des Canalis obturatorius zu exploriren, indem man den Zeigefinger in die Vagina einbringt und ihn an den seitlichen Partien der vor allen Dingen geleerten Harnblase gegen die hintere Fläche des Schambeins führt. Beim Manne wird man die gleiche Exploration zu erreichen trachten, indem man den Finger in das Rectum einbringt und denselben gegen die Regio obturatoria hinwendet. Ich werde weiter unten untersuchen, ob eine Operation, welche die Erforschung des Sitzes und der Ursache der Einklemmung in der Unterleibshöhle erlaubt, in diesen dunklen und fast beständig tödtlichen Fällen zu Rath gezogen werden kann. [1]) Jedoch soll man nicht vergessen, dass man eine Diarrhöe als das Zeichen einer vollständigen Heilung in dem Momente eintreten gesehen hat, wo die Kranken in der grössten Gefahr und fast im Zustande der bevorstehenden Todes waren."

„Ich habe nicht nöthig beizufügen, dass der Tod um so schneller eintritt, je mehr die Entzündung des Peritonæums ausgebreitet ist, je schneller selbe durch eine Eiterung endet oder je schneller das eingeklemmte Eingeweide vom Brande befallen wurde. Dann geben die Schmerzen nach, eine trügerische Ruhe offenbart sich und bald kündigt ein kalter Schweiss den Tod an."

Diagnose.

Ueber diese bemerkt Vinson (l. c. pag. 59) blos folgendes: „Die Diagnose einer Hernia obturatoria kann verdunkelt werden durch das *Zugleichbestehen anderer Hernien.* Die Beispiele eines solchen Zugleichbestehens sind selten." [2])

---

[1]) Bei asthmatischen und Unterleibsbeschwerden, bei Kolik, Magendrücken etc. alter abgemagerter Leute wird der Arzt immer gut thun, seine Aufmerksamkeit auf einen etwaigen schon früher vorhandenen Bruch oder auf die verschiedenen Bruchstellen des Körpers zu richten.

[2]) Bonnet (N. D.), De l'Étranglement interne dans la cavité abdominale. Paris 1830.

[1]) Wir werden später wiederholt auf diesen Punkt aufmerksam machen.

[2]) Nach meinen Zusammenstellungen (pag. 16) sind derartige Complicationen ziemlich häufig beobachtet worden.

Hierauf führt Vinson diese Beispiele an (A. Cooper, Cruveilhier, Demeaux und Frantz) und hat damit seine Angaben über die Diagnose der Hernia obturatoria geendet.

In neuerer Zeit beobachteten gleichfalls neben der letztern Hernie noch andere Brüche: Röser, v. Rottek, Kirchner, Stanley, Schmidt, Hahn und Löwenhardt, und es ist geschehen, dass nach erfolgter Taxis des complicirenden Bruches die Symptome einer Einklemmung fortbestunden und der Tod erfolgte, worauf man dann erst bei der Section die Hernia obturatoria wahrnahm. (Schmidt, Kirchner, v. Rottek, Löwenhardt.) In solchen Fällen, wo am gleichen Individuum zweierlei Brüche bestehen, wird der Arzt seine vollste Aufmerksamkeit auf beide Leiden und ihre gegenseitigen Verhältnisse zu richten haben. Eine Inguinalhernie wird immer leichter als eine Cruralhernie von der Hernia obturatoria zu unterscheiden sein.

Was nun die übrigen diagnostischen Momente anbelangt, so müssen wir gestehen, dass die neuern Autoren wenig neues zu jenem hinzufügten, was wir oben unter den Symptomen und Zeichen einer Hernia obturatoria aus der Abhandlung von Vinson übersetzt haben. Wir werden zur Bekräftigung dieses Ausspruches die meisten derselben anführen:

a) Von Zeit zu Zeit eintretende Kolikanfälle, Verstopfung, Erbrechen, ein Gefühl von Ziehen gegen die Genitalien, Dysurie, heftige zusammenziehende Schmerzen im Hypogastrium, welche sich nach der innern Seite des Oberschenkels verbreiten, wo der Kranke öfters das Gefühl hat wie beim Wadenkrampfe und dann ausser Stande ist, das Bein in die Höhe zu heben; der Schmerz vermehrt sich bei Bewegungen des Schenkels; [1] nicht selten ist in demselben auch die Empfindung von Erstarren, wie beim Einschlafen der Glieder. Da diese Brüche vorzugsweise beim weiblichen Geschlechte vorkommen, so können die Symptome zur Annahme einer nervösen, hysterischen Affection verleiten. (Romberg.)

b) Der Vorschlag zur Untersuchung der Bruchpforte per Vaginam beim Weibe und per Anum beim Manne wurde später (ausser von Vinson) auch von Röser gemacht; er glaubt, dass ein mit dem Finger gegen die Bruchpforte angebrachter Druck bei bestehender Einklemmung Schmerzen hervorrufen werde.

c) Wahrnehmen der Bruchgeschwulst durch das Zufühlen von aussen. (Hahn.) Dieses wird

hauptsächlich bei magern Leuten und voluminösen Hernien möglich sein. [1]

d) Schmerzhaftes Steifsein an der innern Seite des Oberschenkels, Lähmung der Musculi adductores. Vermehrung der Schmerzen bei Druck von aussen gegen die Bruchstelle. (Schmidt.) [2]

e) Die Percussion wurde im frühern Aufsatze über diesen Gegenstand auch von uns vorgeschlagen. [3]

f) Vorhandensein von Darmeinklemmungssymptomen; Freisein der übrigen Bruchpforten; mehr oder weniger fühlbare Emporwölbung und Geschwulst in der Pectinæusfläche, der eine ähnliche hinter dem Muskelbauche des Adductor longus entspricht, wenn der Bruch mehr nach unten vorgedrungen ist. Diese Geschwulst wird mehr elastisch, als auf der gesunden Seite und heftig schmerzhaft sein; subjective Symptome im Gebiete des Nervus obturatorius, ausgeprägt in den Erscheinungen der Sensibilität, weniger in denjenigen der Motilität; öfters vorübergehende Koliken und Neuralgien des Nervus obturatorius; genaue Vergleichung der räumlichen Veränderungen in der Schenkelbeuge mit der gesunden Seite durch das Auge (die kranke Seite findet sich flach vorgewölbt); Druck von aussen auf die Bruchpforte, welcher einen heftigen lokalen und im Schenkel herabschiessenden Schmerz erzeugt; Untersuchung von der hintern, innern Schenkelseite hinter dem Adductor longus, „weil diese Stelle direkt vor dem Ramus pubis vorbei nach der Bruchstelle führt und einen bewegenden Gegendruck gegen die vordere Untersuchungsstelle zulässt.“ (Paul.) [4]

g) „Als ein wichtiges unterscheidendes Merkmal der Hernia incarcerata Foraminis ovalis von der Hernia incarcerata cruralis könnte der Zustand der *Vena saphena* gelten, indem bei der letztern dieselbe durch die Bruchgeschwulst an ihrer Entleerung in die Vena cruralis gehindert, angeschwollen zu erscheinen pflegt,

---

[1] Man wird also gut thun, zur Sicherstellung der Diagnose den Kranken stets auch auf die Bewegungsfähigkeit des Oberschenkels zu untersuchen.

[1] Bei kleinern Brüchen wird die Diagnose immerhin sehr schwierig sein. Vergleiche das oben (pag. 22) darüber Gesagte.

[2] Also Symptome in den sensiblen und motorischen Fasern des Nervus obturatorius. Wahrscheinlich werden während der Geburt durch den Druck des Kindskopfes auf den Nervus obturatorius bei seinem Durchgang durch das kleine Becken ähnliche Nervenerscheinungen hervorgerufen; denn vielleicht auch durch den Druck des vergrösserten Uterus während der Schwangerschaft. (Röderer.) Vergleiche Hyrtl, topographische Anatomie, II. Bd. pag. 141. Wien 1847.

[3] Siehe Henle und Pfeufers. Zeitschrift. N. F. II. Bd. 3. Hft. pag. 258.

[4] Zeitschrift für klinische Medicin von Günsburg. IV. Bd. 5. Hft. pag. 347.

beim Bruche des eirunden Loches dagegen leer und ungehindert bleibt. [1]« (C. W. Klose.) [2]

h) Sympathische Schmerzen in andern Körpertheilen wurden ebenfalls beobachtet. Da selbe aber ziemlich unbeständig zu sein scheinen, führen wir nur einige davon an: Schmerzen in der linken Brust und im linken Arm bei rechtseitiger Hernia obturatoria (Romberg); Schmerz in der Lendengegend derselben Seite, so dass man anfänglich eine Nephritis vermuthete (Maréchal); heftige Schmerzen im *linken* Oberschenkel beim Bestehen einer Hernia obturatoria incarcerata *dextra* (Bouvier). Der Seltenheit wegen erwähnen wir noch, dass in diesem Falle die ganze *linke* untere Extremität eiskalt, der Fuss weisslich erdfahl, die Nägel und Zehen bläulich gefärbt waren. Bläuliche Flecken mit weissen vermischt, bedeckten die übrigen Stellen der (linken) Extremität, man konnte die Haut derselben kneipen, ohne dass die Kranke den mindesten Schmerz äusserte; die Section ergab nichts krankhaftes in dieser Extremität, der *linke* Canalis obturatorius war frei; auf der *rechten* Seite waren keine Symptome vorhanden gewesen, die auf eine Hernia obturatoria deuteten, es hatten sich „weder Geschwulst noch Schmerzen, selbst bei einem sehr starken Drucke" gezeigt. [3]

Trotz der manigfaltigen angeführten diagnostischen Merkmale für eine Hernia obturatoria, wird es dennoch Fälle geben, wo der Arzt, wie wir so eben an einem Beispiele von Bouvier gesehen haben, doch zu keiner sichern Diagnose wird gelangen können. Dieses mag besonders dann der Fall sein, wenn entweder das Volumen der Hernie ein sehr unbedeutendes ist, oder wenn selbige sehr tief liegt, was hauptsächlich bei fettleibigen Leuten vorkommen wird. Für solche Fälle hat schon Vinson (vergleiche oben pag. 23) die Frage angeregt, ob nicht eine Operation zu Hülfe genommen werden soll, um dadurch dem Sitze und der Ursache der Einklemmung nachforschen zu können. Würde man in derartigen Fällen eine Hernie auffinden, so könnte man nach Erwägung der Grundsätze, welche zur Vornahme der Taxis bei allen andern Hernien gelten, letztere nur versuchen, bevor man mit dem Schnitte bis auf den Bruchsack gelangt wäre, oder doch wenigstens bevor man den Bruchsack geöffnet hätte. Wir werden später auf diese Punkte zurückkommen.

Prognose.

Nachdem wir uns bei den vorigen Abschnitten etwas länger aufgehalten, dürfen wir uns hier desto kürzer fassen. Wir betrachten eine eingeklemmte Hernia obturatoria im Hinblick auf die schwierige Ausführung ihrer Taxis und Operation als ein bedenkliches Leiden und überlassen es nebenbei dem denkenden Arzte für jeden einzelnen Fall die betreffende Prognose zu stellen. Vinson bemerkt darüber folgendes: [1] „Eine gut diagnosticirte und reponirbare Hernie ist im allgemeinen keine sehr beschwerliche Krankheit, wenn selbe genau zurückgehalten werden kann; aber meistens verläuft die Hernia obturatoria unbemerkt, man vermuthet sie erst, wenn schon Symptome der Einklemmung vorhanden sind. Diese Hernie ist unstreitig am schwierigsten zu erkennen und zurückzuhalten, und für ihre Heilung hat der Chirurg im Falle einer Einklemmung am wenigsten Aussichten auf Erfolg."

„In den Fällen der Einklemmung wird das Peritonæum der Sitz einer Entzündung, welche dann selbst die nahliegende Ursache des Todes abgiebt, indem die Kranken meistens ein vorgerücktes Alter haben."

Die Taxis.

In unserer frühern Arbeit (l. c. pag. 260) haben wir zur Vornahme derselben folgende Punkte angegeben:

1) Einführen der Finger der einen Hand in die Vagina beim Weibe und in das Rectum beim Manne nach entleerter Blase, Druck mit der andern Hand über dem horizontalen Aste des Schambeins; [2] hierauf versuche man beide Hände möglichst nahe zu vereinigen und die dazwischen liegenden Theile gegen das Kreuzbein zu zerren. Diese Vorschläge wurden von

---

[1] Dr. Löwenhardt in Prenzlau fand in der That bei der von ihm beobachteten Hernia obturatoria die Vena saphtena nicht angeschwollen; Druck von aussen her vermehrte den Schmerz, ebenso die Bewegung des Schenkels; die Gegend (Regio obturatoria) schien ihm etwas vorgewölbt; in der Tiefe glaubte man eine Geschwulst zu fühlen; die Percussion und Untersuchung per Anum ergab nichts, die Untersuchung per Vaginam vermehrte die Schmerzhaftigkeit, mit der andern Hand brachte er dabei einen Gegendruck auf die Bauchdecke an. (Deutsche Klinik. Nr. 22, 1854.)

[2] Im Aufsatze von Dr. Paul in Günsburg's Zeitschrift pag. 348.

[3] Finaux, Interne an der Klinik des Hrn. Bouvier, sagt daher mit Recht über diesen Fall, nachdem er ihn sorgfältig beschrieben: »Einer der seltsamsten Punkte dieser Beobachtung ist die Abwesenheit aller Localsymptome, welche um so mehr constatirt ist, als die Gegend, welche der Sitz des Bruches war, mit vieler Aufmerksamkeit untersucht wurde wegen der Symptome, welche sich uns auf der entgegengesetzten Seite darboten.« (Bulletins de la Société anatomique, 1840. Nr. 7 und 8. pag. 216.)

---

[1] l. c. pag. 71.
[2] oder vielmehr über dem innern (untern) Theil des Ligamentum Poupartii.

Röser gemacht und von ihm an Leichen ausgeführt.

2) Wiederholte Rotation des Schenkels nach innen und wiederholte Abduction desselben. Diese Versuche können entweder für sich allein gemacht, oder mit den vorhin angegebenen verbunden werden. Dadurch sollen die nach aussen von der Bruchpforte gelegenen Muskeln einen malaxirenden Druck auf den Bruchinhalt ausüben. Gestützt auf die Versuche an Leichen haben wir diese Vorschläge in unserm frühern Aufsatze über die Hernia obturatoria gemacht; ob die Sache am Lebenden das angestrebte Resultat herbeiführen werde, muss die Zukunft entscheiden. Wäre der Sitz der Einklemmung an der Membrana obturatoria externa (siehe oben pag. 19), so dürften die angegebenen Handgriffe weniger durch den Druck der Muskeln, als durch Erschlaffung jener Membran zum Ziele führen. Man wird sich nämlich erinnern, dass eine Portion des Musculus obturator externus (siehe pag. 3 und Taf. XII, Fig. IV) von der Aussenfläche der Membrana obturatoria externa entspringt; die abwechselnde Contraction und Relaxation dieses Muskels wäre vielleicht im Stande, jene Membran einigermaassen zu bewegen und so den Rücktritt des Bruches mit befördern zu helfen.[1])

3) Directer Druck auf die Pectinäusfläche in der Richtung von vorn und unten nach hinten und oben. „Man kann dem noch durch einen nach oben schiebenden Druck hinter dem Musculus adductor longus in der Richtung nach dem Foramen ovale zu Hülfe kommen. Die zweite und wie ich glaube wichtigste Manipulation besteht in dem Drucke oberhalb des Schambogens und des Poupartischen Bandes in die Bauch- und Beckenhöhle hinein; dadurch soll die Darmschlinge aus der Bruchpforte herausgezogen werden. Am besten geschieht dieser Druck abwechselnd, malaxirend.“ (Paul.)[2])

4) Die örtliche und allgemeine Chloroformnarcose. (Heyfelder.)

5) Die von Hrn. Dr. Löwenhardt empfohlene Darreichung von Mercurius vivus. Als er nämlich bei dem von ihm beobachteten Falle der Hernia obturatoria, welcher tödtlich abgelaufen war, die Section verrichtete, so folgte nach Eröffnung der Bauchhöhle die eingeklemmte Darmschlinge einem auf dieselbe angebrachten Zuge so leicht, „dass er bedauerte, nicht das Hydrargyrum vivum gegeben zu haben.“ Dann bemerkt er ferner über die Taxis des genannten Bruches:

„Die unblutige Zurückbringung würde, da diese Brüche sich oft spontan oder durch leichte Anregung der peristaltischen Bewegung zu reponiren scheinen, nach meiner Ueberzeugung weniger durch Manipulationen (obgleich man dieselben bei fühlbarer Geschwulst immerhin versuchen mag) als durch Einspritzungen möglichst grosser Quantitäten kalten Wassers, durch einige Gaben Hydrargyrum vivum und Oleum Ricini zu erreichen sein.“

Man sieht, dass wir an Vorschlägen verschiedener Art zur Reposition einer Hernia obturatoria keinen Mangel haben; ich könnte denselben noch die warmen Bäder, Tabaksclystire, Clystire mit Chloroform und überhaupt alle jene Mittel beifügen, die man auch zur Vornahme der Taxis bei den übrigen Brüchen empfohlen hat. Leider wird es jedoch Fälle genug geben, wo man selbst mit diesen zahlreichen Mitteln nicht zum Ziele kommt. Wir lassen schliesslich einige Worte von Vinson über diesen Gegenstand folgen:

Vorerst glaubt er, man habe sich geirrt, wenn man gesagt habe, dass die Hindernisse für die Reposition dieser Hernien fast unüberwindlich seien; Garengeot führe doch drei, Eschenbach zwei, Dupuytren und Dr. Frantz jeder ein Beispiel von reponirten Hernien des ovalen Loches an[1]). Zur Vornahme der Reposition liess Garengeot in einem Falle ein zusammengelegtes Kissen unter das Kreuz und ein Kopfkissen unter den Kopf des Kranken legen; die Knie waren erhöht und die Schenkel von einander entfernt. Er rieb ein wenig Oel in die Bruchgeschwulst ein, knetete selbe nach den Regeln der Kunst und drückte mit verschiedenen Wiederholungen sanft mit der flachen Hand von unten nach oben; er nahm wahr, dass das Eingeweide zurückging und die Geschwulst nach und nach verschwand. Richter, Sabatier und Sanson beschränken sich darauf, das Verfahren von Garengeot zur Nachahmung zu empfehlen.

Vinson selbst giebt den Rath, den Kranken auf eine Matratze zu legen, von der das eine Ende vorher umgeschlagen wird, um ein Kissen

---

[1]) Grossen Werth legen wir diesen Vorschlägen keineswegs bei; sie dürften jedoch bei der so schwer auszuführenden Taxis einer Hernia obturatoria und bei der Gefährlichkeit der Operation dieses Leidens nicht ganz überflüssig sein.

[2]) In einem Falle versuchte Hr. Dr. Paul auch die Darreichung der Tinct. nucum vomicarum in Verbindung mit Malaxiren des cataplasmirten Unterleibes. (Siehe Günsburg's Zeitschrift für klinische Medicin. Bd. IV, 5. Heft 1853, pag. 339.)

[1]) Es entstehen aber beim Durchlesen der Fälle von Garengeot und Eschenbach gerechte Zweifel, ob dieses wirklich Hernien des ovalen Loches gewesen seien. — In neuerer Zeit verrichteten die Taxis mit glücklichem Erfolge: Hahn, Röser (zweiter Fall), Heyfelder, Bransky Cooper und Menschel.

nachzubilden; auf diesen erhöhten Theil kommt das Kreuz des Patienten zu liegen, unter den Kopf wird ebenfalls ein Kissen gebracht. „Die Wirkung dieser Lage," fährt Vinson (l. c. pag. 73) fort, „wird die sein, dass sie den ganzen Inhalt des Unterleibes gegen das Zwerchfell hinleitet und auf diese Weise die zwei Enden des Eingeweides, welche die eingeklemmte Schlinge bilden, anspannt und ihre Entfernung aus dem Canalis obturatorius erleichtert. [1]) Nachdem der Kranke in obiger Lage placirt ist, wird der Oberschenkel in eine leichte Adduction gebracht, die Unterschenkel sind zur Hälfte gebogen, die Kniee erhoben. Diese Positionen müssen so mit einander verbunden sein, um dadurch eine Lage herbeizuführen, welche am meisten die Erschlaffung der Musculi obturatores begünstigt. Man wird die Geschwulst von aussen nach innen drücken, indem man den Druck von der innern Seite (des Schenkels) nach der äussern, das heisst in der Direction des Canalis obturatorius richtet. Dieser Druck soll mit Maass ausgeübt werden; man wird verfahren, als ob man die Geschwulst unter den Fingern verschwinden (entfliehen) machen, als ob man dieselbe, um mich des Ausdruckes von Sanson zu bedienen, in den Unterleib entleeren wollte. Man wird sich die Taxis erleichtern durch Aufträuflungen von Oel oder einer ätherischen Flüssigkeit und durch andere Mittel, z. B. durch eine oder zwei Aderlässen, durch Application von Eisumschlägen auf die Geschwulst etc. Das pathognomonische Zeichen einer eingetretenen Reduction ist hier, wie bei den übrigen Eingeweidebrüchen, ein gurrendes Geräusch. Dieser charakteristische Ton wurde von Garengeot zwei mal deutlich wahrgenommen: Die Kranke fühlte ein Gurren, welches nach ihrem Ausdrucke ihr Erleichterung brachte; ferner auch durch die Kranke von Dr. Frantz, bei welcher sich mehrmals alle Symptome einer Hernia obturatoria manifestirten und bei welcher jedesmal die Reduction von einem Darmgeräusch begleitet war, welches das Zeichen vom Aufhören der beschwerlichen Zufälle und der Rückkehr zur Gesundheit ist."

Wann und wie lange Repositionsversuche obiger Art anzuwenden seien und wie bald man zur Operation schreiten solle, muss für jeden einzelnen Fall dem Ermessen des Arztes anheimgestellt werden, der jedesmal die Sachlage nach den Grundsätzen der Chirurgie beurtheilen möge.

Hr. Dr. Paul sagt in dieser Beziehung : [1]) „Uebrigens werden alle diese Repositionsversuche nur in der ersten Zeit gelingen (in Heyfelders Fall dauerte die Einklemmung erst 12 Stunden), weil sonst alsbald Ausschwitzungen und Verwachsungen den Bruch so fixiren, dass unsere doch nur sehr mittelbar wirkenden Druck - und Zug - Manipulationen ihn nicht mehr bewegen."

Hr. Dr. Linhart endlich bemerkt über die Reposition der Schenkelhernie: [2])

„Gewöhnlich versuche ich die Reposition gleich, setze aber die Manipulationen nie länger fort als etwa 10 Minuten; geht die Hernie nicht zurück, so bekömmt der Patient ein warmes Bad, hierauf wiederhole ich den Versuch und dann gelingt gewöhnlich die Reposition. Wenn die Bruchgeschwulst sehr empfindlich ist, so dass die leiseste Berührung durchaus nicht ertragen wird, dann stehe ich von der Reposition ab."

„Ich behaupte, dass jede Femoralhernie, wo nicht die Darmschlinge um ihre Axe gedreht, oder am Bruchsackhalse angelöthet ist, reponirbar sei."

„Da man jedoch diese beiden Zustände im gegebenen Falle nicht früher zu erkennen im Stande ist, bevor man die Herniotomie gemacht hat, so habe ich mir folgende Fälle als Indication für die Herniotomie aufgestellt:

„a) Wenn die Haut geröthet und das subcutane Zellgewebe infiltrirt ist. Dieser Zustand deutet entweder auf Gangræn des Darmes oder auf bedeutende Beleidigung der Bruchgeschwulst durch rohe Repositionsversuche."

„b) Eine ausserordentliche Empfindlichkeit der Bruchgeschwulst mit heftiger Peritonitis, wo die Repositionsversuche nicht vertragen werden."

„c) Wenn bei dreimal wiederholten Repositionsversuchen kein Gurren und Kleinerwerden der Hernie bemerkbar wird."

„Letzterer Punkt gehört jedoch schon in die Klasse der subjectiven Ueberzeugung, wofür ich alle andern gewöhnlich angeführten Indicationen für die Herniotomie ansehe."

„Jedenfalls halte ich die Zahl der reponirbaren eingeklemmten Brüche für viel grösser, als sie gewöhnlich angenommen wird."

Da die Hernia obturatoria in den meisten Fällen ziemlich tief gelegen sein wird, so dürfte, wie wir oben (pag. 25) bei der Diagnose es bemerkten, ein Einschnitt durch die Haut und vielleicht auch durch den Musculus pectinæus die Taxis derselben sehr erleichtern, besonders

---

[1]) Ob sich dieses in der Wirklichkeit so verhält, wie es sich Vinson hier vorgestellt, müssen wir bezweifeln.

[1]) l. c. pag. 349.
[2]) l. c. pag. 60.

dann, wenn der Sitz der Einklemmung an der Membrana obturatoria externa sich befände. Es wäre vielleicht zweckmässig bei der Hernia obturatoria zu dem Einschnitte zu schreiten, bevor die obigen Indicationen vorhanden sind, welche Hr. Linhart für die Operation des Schenkelbruches gestellt hat. (Siehe den Abschnitt über die Operation.)

Dass die Taxis einer Hernia obturatoria übrigens auch noch ziemlich spät gelingen kann, beweist folgende lakonische, von Eitner publizirte Krankengeschichte, vorausgesetzt, dass in diesem Falle die Diagnose richtig gestellt worden sei: [1]

„Bei einer schon lange bestanden habenden, entzündlich incarcerirten, doppelt faustgrossen Hernia foraminis ovalis linkerseits eines Mannes von mittlerem Alter erwiesen sich: Aderlass, erhöhte Lagerung des Beckens, innerlich Leinöl esslöffelweise und Verschlucken von Eisstückchen so hülfreich, dass bereits nach einer halben Stunde die Taxis gelang, der sechs Tage hindurch ausgebliebene Stuhl erfolgte, das Kothbrechen aufhörte und der Kranke sich ausser Gefahr befand.“

Bruchband für eine Hernia obturatoria.

Reponirte Hernien sucht man bekanntlich durch Bruchbänder zurückzuhalten. Letztere sind jedoch hauptsächlich nur ein palliatives Heilmittel, die radikale Heilung erfolgt dadurch selten. „Die Beobachtung von Garengeot beweist, dass die Anwendung einer Bandage in kurzer Zeit eine Hernia obturatoria radical heilen konnte. Diese Hernie ist vielleicht mehr als jede andere der Heilung fähig, denn die dicke Lage von Muskeln, welche sich vor dem Canalis obturatorius befindet, ist schon ein natürliches Hinderniss für ihre Wiedererzeugung,“ schreibt Vinson auf pag. 74 seiner Abhandlung. Wir sind im Falle, obige Worte dieses Autors einigermaassen zu bezweifeln, stimmen aber darin vollkommen mit ihm überein, wenn er darauf bemerkt, dass es schwierig sei, zur Zurückhaltung einer reducirten Hernie dieser Art, ein passendes Bruchband zu finden und diese Schwierigkeit wird leicht einzusehen sein, wenn wir erstlich die anatomische Lage und Beschaffenheit des Bruchkanales im Auge behalten und dann ferner bedenken, dass bei den Bewegungen des Oberschenkels und des Beckens ein auf die Regio obturatoria angebrachter Druck sich äusserst schwierig fixiren lassen

wird, denn gewöhnlich ist entweder das Becken fixirt und der Schenkel in Bewegung oder umgekehrt, und ein abwechselnder und schlecht fixirter Druck einer Pelote auf die Hernie könnte Ursache von bedenklichen Zufällen werden.

Vinson durchgeht (l. c. pag. 75, 76 und 77) die verschiedenen Vorschläge und Bemerkungen älterer Autoren über diesen Gegenstand: Nach ihm suchte zum Beispiel Dupuytren für einen Mann ein passendes Bruchband zu construiren. Eine grössere Pelote brachte Eingeschlafensein des Schenkels hervor, eine kleinere Pelote hielt den Bruch nicht zurück. Garengeot formirte eine Pelote aus zerfetzter Leinwand, tauchte sie in das Gemisch von Weingeist und eines zerschlagenen Eies, bedeckte die Pelote mit zwei Compressen und suchte selbe mit einer auf zwei Köpfen aufgerollten Binde zu befestigen. Am fünften Tage nahm er den Verband weg, sah, dass die früher auseinandergewichenen Muskelköpfe des Triceps [1] sich einander genähert hatten, er befestigte nun von sechs zu sechs Tagen eine länglichte, etwas dicke Compresse auf die Bruchstelle und die Kranke, welche während dieser Zeit ihren gewöhnlichen Geschäften oblag, fühlte nie etwas Widerwärtiges. [2]

August Bérard billigt das Verfahren von Garengeot, ebenso Richter, nur schlägt letzterer vor, der Pelote jene Form und Grösse zu geben, welche zu der Vertiefung im Verhältnisse stehe, die man gewöhnlich nach der Reposition des Bruches sehr deutlich fühle.

Chelius schlägt zur Zurückhaltung der Hernia obturatoria ein Inguinalbruchband vor, dessen Hals nach unten verlängert ist und dessen Pelote unmittelbar unter dem Queraste des Schambeins auf den Ursprung des Musculus pectineus angebracht werden kann.

Eschenbach wandte bei einem Mädchen eine Art Unterhosen (Subligaculum) an. [3] Später erlaubte er der Kranken wieder ihren Arbeiten nachzugehen und liess selbe noch lange

---

[1] Er wurde beobachtet und mitgetheilt vom Kreis-Wundarzte Menschel in Lublinitz und findet sich in der medicinischen Zeitung, herausgegeben von dem Vereine für Heilkunde in Preussen. 23. Jahrgang, 1854. Nr. 25. pag. 122.

[1] Die drei Adductoren, der longus, brevis und magnus, wurden früher von den Anatomen Adductor triceps genannt.

[2] Für den beschriebenen Fall sieht Vinson diesen angegebenen Verband als zweckmässig und einfach an und meint, er könne auch in einem andern ähnlichen Falle angerathen werden, aber er erfordere die beständige Dazwischenkunft eines Chirurgen; berühmte Wundärzte hätten ihm ihre Anerkennung gezollt, selben jedoch nur als ein Mittel betrachtet, um momentan die Hernie zurückzuhalten.

[3] »Reliquam medelam (intestini prolapso reducto) idoneo tentavi subligaculo, quod consuetam mihi, atque in chirurgia mea descriptam, compositionem servabat.« Observata anatom. - chirurg. medica rariora, obs. 33, pag. 265, Rostok. 1769.

die genannte Art Unterhosen (Subligaculum) nebst einem kleinen Polster tragen, um jede Recidive zu verhüten. [1]

„Wenn es mir erlaubt ist," fügt Vinson (l. c. pag. 77) hinzu, „eine ähnliche Vorrichtung vorzuschlagen, so wären dieses Unterhosen (Caleçon) von einem starken und hinlänglich geschmeidigen Stoffe, [2] welche von den Lenden gegen die Kniee hinabreichen; der Seitentheil an der äussern Seite des Schenkels sei offen und lasse sich nach Art eines Corsets bis über die Hüfte zuschnüren. Diese Unterhosen enthielten in ihrer grössten Weite, gegenüber der Bruchgeschwulst, eine nach der Hernie formirte Pelote, an welcher ein oder zwei lederne Riemen befestigt wären, welche sich nach aussen zuschnallen liessen. Man könnte nach dieser Weise auf die Oeffnung, durch welche die Hernia obturatoria sich bildet, einen hinlänglichen Druck anbringen, um deren Austreten zu verhindern und um die Muskeln einander so zu nähern, bis sie ihren Normalzustand wieder eingenommen hätten. Die Leichtigkeit der Anwendung dieses Apparates und seine Benutzung, welche der Kranke ohne die Hülfe eines mit der Kunst Vertrauten davon machen könnte, die Eigenschaft, ihm einen zweckmässigen Grad von Nachgiebigkeit oder Druck geben zu können, scheinen mir wesentliche Vortheile darzubieten."

„Man weiss, dass der Druck mittelst Hüftpflasterstreifen täglich mit Erfolg bei den Neugebornen angewandt wird, um die Nabelbrüche zu heilen. Man könnte vielleicht die Hernia obturatoria durch ein ähnliches Mittel zurückhalten. Eine auf diese Weise verfertigte wollene Spica böte eine grössere Dauerhaftigkeit (solidité) dar, als die einer gewöhnlichen Spica. Was mich in dem Gedanken, dieses Zurückhaltungsmittel anzuwenden, bestärken würde, das ist, dass es die Festigkeit darböte, welche Garengeot seiner einfachen Spica zu geben suchte, indem er selbe mit einer Zubereitung des Weissen vom Ei überstrich. Die Dextrinspica [3] könnte unter gleichen Umständen angewandt werden. Diese gekleisterten oder mit Diachylon [4] überzogenen Spicen haben die Dazwischenkunft einer geübten Hand nöthig, aber indem ein ähnlicher Verband die radicale

Heilung [1] einer Hernia obturatoria sogar im Verlauf einer ziemlich kurzen Zeit herbeiführen kann, so ist diese Aussicht ein wohl genügender Ersatz."

Wir können die hoffnungsreichen Ansichten über ein Bruchband bei der Hernia obturatoria mit Vinson nicht theilen und zwar aus folgenden Gründen: Es ist erstlich gewiss richtig, wenn Wenzel Linhart (pag. 54) seiner oft erwähnten Abhandlung bemerkt, dass der Zweck eines Bruchbandes bei einer Cruralhernie viel schwerer zu erreichen sei, als bei der Inguinalhernie. Wir dürfen ohne Bedenken hinzufügen, dass dieses ohne Zweifel noch in einem ausgedehntern Maasse von der Hernia obturatoria gelte. Ist eine solche Hernie noch klein, so liegt deren grösster Theil unter dem Ramus horizontalis ossis pubis im Canalis obturatorius; ist sie hingegen voluminös, so wird leicht ein Theil der Eingeweide neben der Pelote wieder austreten, falls der Schenkel oder das Becken in Bewegung kommt.

„Eine Pelotte kann gar nichts anderes bewirken," sagt Linhart, „als an der Stelle, wo sie angelegt ist, einen Druck von vorne nach rückwärts auszuüben," und in einer Anmerkung auf der gleichen Seite heisst es weiter: „Die Bruchpforte lässt sich bei der Femoralhernie nicht so verstopfen, wie etwa die Scrotalöffnung des Leistenkanales, die Hernie tritt entweder gerade nach abwärts oder schief nach abwärts und innen, und es ist sehr klar, dass, so lange die Haut über dem Oberschenkel liegt, ein Druck in der Axe des Oberschenkels auf die Oeffnung gar nicht angebracht werden kann." Auch bei der Schenkelhernie hindern ebenfalls, wie Linhart des ferners richtig bemerkt, die Schenkelbewegungen, ein stetes genaues Anpassen der Pelotte, und der Bruch tritt dann unterhalb und einwärts von der Pelotte wieder aus.

Wir möchten schliesslich noch auf das von Linhart (l. c. pag. 55) beschriebene und in seiner Abhandlung (Taf. VIII) abgebildete Schenkelbruchband mit einer durch eine Spiralfeder beweglichen Pelotte aufmerksam machen. Eine ähnliche Vorrichtung dürfte vielleicht auch zur Zurückhaltung einer Hernia obturatoria ihre Anwendung finden. Welche von den oben angeführten Bandagen jedoch zur Zurückhaltung der genannten Hernie den Vorzug verdiene, diese Frage müssen wir zur Entscheidung spätern Untersuchungen und Beobachtungen überlassen. Der mit einem Bruchband beabsichtigte

---

[1] Ueber ein Bruchband für die Hernia obturatoria vergleiche ferner: Rust, Handbuch der Chirurgie, Bd. VIII. pag. 170.
[2] Gegenwärtig würde sich vielleicht Cautschouk oder Guttapercha am besten dazu eignen.
[3] Die in Dextrin getauchte oder von Dextrin überzogene Spica.
[4] Wahrscheinlich wird Vinson Emplastrum diachylon darunter verstanden haben.

[1] Wir haben schon oben (pag. 28) berührt, dass die radicale Heilung durch einen solchen Verband nur selten zu Stande kommen dürfte.

Zweck wird in allen Fällen, wie schon oben bemerkt wurde, bei der Hernia obturatoria schwierig zu erreichen sein.

Die Operation der Hernia obturatoria.

Nachdem Vinson (l. c. pag. 78, 79 und 80) die Meinungen früherer Autoren über diesen Gegenstand angeführt, [1] schreibt er folgendes darüber:

„*Die Operation* der Hernia obturatoria ist, obwohl schwierig, dennoch ausführbar und sie zählt die Meinung mehrerer berühmter Chirurgen zu ihren Gunsten."

„Es sei mir beizufügen erlaubt, dass die Operation nicht so augenscheinlich gefährlich ist, dass man wenigstens in einigen Fällen darin nicht Aussicht auf Glück haben könnte. Man sprach von der Dicke der Theile, welche die Hernie bedecken, von der Tiefe, in welcher sie gelegen ist, aber man kann dagegen mit Hrn. Bouvier antworten, dass diese Dicke eine sehr variable sei. Man weiss ausserdem, dass dieser Bruch hauptsächlich bei magern Individuen und im vorgerückten Alter sich zeigt. Was die Tiefe anbelangt, so kann die Hernie hie und da zwischen den Muskeln durchdringen und oberflächlich werden; in diesem Falle würde die Operation weniger Schwierigkeiten

[1] Diese bestehen übersichtlich und kurz gefasst in folgendem: Sie wurde bis auf Vinson noch nie an Lebenden verrichtet. Es ist ein Irrthum, wenn man sagt, Garengeot hätte sie zu machen versucht. Gadermann und Chelius haben ein Operationsverfahren beschrieben, aber noch nie vorgenommen; Richter meint, es lasse sich nichts bestimmtes über diese Operation sagen, da sie noch nie verrichtet worden sei; Sanson drückt sich ebenso aus; das Verfahren von Arnaud, welchen Malaval zur Consultation zog, kann nicht hieher gezählt werden (vergleiche darüber unsern frühern Aufsatz in Henle und Pfeufers Zeitschrift pag. 261, wo wir die gleiche Meinung aussprachen); der vorgenommene Einschnitt war in diesem Falle auch nicht einmal nöthig, indem der Bruchinhalt sehr leicht reponirbar gewesen zu sein scheint. Sabatier urtheilt über denselben auf gleiche Weise, ebenso Astley Cooper. Mehrere Autoren, besonders Lassus, glaubten, die Operation der Hernia obturatoria sei nicht ausführbar; auch Velpean hält selbe nicht für rathsam; andere Autoren verwarfen die Operation wegen der tiefen Lage der Hernie (siehe in dieser Beziehung unsere im frühern Aufsatze pag. 260 und 261 auseinandergesetzte Meinung) und wegen der Schwierigkeit der Diagnose und der Gefahr der Verletzung der Arteria obturatoria. Chelius hielt (nach Vinson) diese Operation dagegen für leicht ausführbar; H. Cloquet suchte selbe mehreremals an der Leiche zu verrichten. Gadermann's Verfahren wird später gewürdigt werden; Dupuytren glaubte, dass die Operation ausführbar sei, er würde im Falle der Einklemmung lieber eine zweifelhafte Operation wagen, als den Kranken einem sichern Tode überlassen; A. Bérard ist der gleichen Meinung, nachdem er früher die Operation verworfen hatte.

darbieten. Man sprach von der Möglichkeit, die Arteria femoralis zu verletzen, aber diese Arterie befindet sich viel zu viel nach aussen von jener Partie, wo eine Hernia obturatoria sich bildet, welch' letztere stets das Bestreben hat nach innen hervorzutreten und zwar gegen die Wurzel der Ruthe beim Manne oder gegen den obern Theil der grossen Schamlippen beim Weibe; diese (eben bezeichnete) Gefahr ist viel wesentlicher bei der Operation der Hernia cruralis. Was die Gefahr der Verletzung der Arteria obturatoria anbetrifft, so kann man selbe nicht verkennen, indem die Arterie bald nach aussen vom Bruchsackhalse, bald nach innen, hie und da auf beiden Seiten und endlich in andern Fällen nach hinten von demselben verläuft. Indem man nach innen einschneidet, wie Astley Cooper und Dupuytren es gerathen haben, wird man nicht immer die Arteria obturatoria erreichen (atteindre), welche eben so oft nach aussen und hie und da nach vorn sich befindet. Das gleiche gilt für den Einschnitt nach aussen und nach unten, wenn er vorzuziehen sein sollte. Diese Arterie ist bisweilen so klein, dass die Blutung, welche sie hervorbrächte, wahrscheinlich nicht ernster Natur sein würde. Uebrigens kann im Falle einer Arterienverletzung die Tamponade angewandt werden, wie es Herr Bérard gerathen hat, und wenn die verletzte Arterie oder gar einer ihrer Zweige sich an der vordern Fläche des Bruchsackes befände, wie dieses in den Beobachtungen der Herren Cruveilhier und J. Cloquet der Fall war, so glaube ich, dass es leicht wäre, deren Unterbindung vorzunehmen." [1]

„Ich habe die Gründe auseinandergesetzt, welche zu Gunsten der Operation dieser Hernie sprechen (militer) müssen; der entscheidendste ist die äusserste Gefahr, in welcher der Kranke sich befindet und welchen man nicht einem gewissen Tode überlassen kann. Die Grösse (die Ausdehnung), welche gewisse Hernien erreichen können, scheint anzuzeigen, dass die Erweiterung des Canalis obturatorius mit Erfolg angestrebt (versucht) werden könnte. Für den Fall, wo die Dilatation unmöglich sein würde, werde ich weiter unten zeigen, dass das Débridement des Bruchsackhalses *nach unten und innen* denjenigen (direkte) *nach aussen und nach innen* vorzuziehen sei. [2]"

[1] Siehe oben den Abschnitt über die Vasa und den Nervus obturatorius und ihr Verhalten zu einer gleichnamigen Hernie (pag. 17).

[2] Diese wichtigen Worte sind im französischen Texte (wahrscheinlich eines Druckfehlers wegen) leider etwas undeutlich. Sie lauten: »Dans le cas, où la dilatation serait impossible, je démontrerai plus loin que le débridement du collet du sac *en bas et en dedans*,

„Das erste operative Verfahren (Einschnitt und Ausschneiden aus dem Bruchsacke) ist jenes, welches Arnaud [1] zugeschrieben worden war und welches von Garengeot mit folgenden Worten erzählt wird: „„Er begann damit, die Reposition des Eingeweides vorzunehmen, nach welchem er einen Einschnitt auf die Geschwulst, (jedoch) nur durch die Haut und das Fett (im Unterhautzellgewebe) machte, um den Bruchsack zu entdecken. Als er ihn gefunden hatte, öffnete er denselben und fand darin eine Portion des Netzes von der Grösse einer Nuss; er schnitt es an der Stelle ab, wo es zwischen den vordern Köpfen des Musculus triceps [2] hindurchging; hierauf schnitt er einen Theil des Bruchsackes aus und drückte den Rest zwischen den Köpfen des obigen Muskels zurück. Er legte Bourdonnets in die Wunde, verband dieselbe auf die gewöhnliche Weise und die Operation hatte einen vollkommenen Erfolg.""

„Sabatier und Astley Cooper glauben, dass diese Operation niemals ausgeführt worden sei und ich habe schon gesagt, dass sie überhaupt als keinen Glauben verdienend (von einem unbekannten Verfasser abstammend, comme apocryphe) angesehen wird."

„Zweites Verfahren. Um die Verletzung der Arteria obturatoria auszuweichen, hat man vorgeschlagen, sich darauf zu beschränken, *die Erweiterung (Dilatation)* des Bruchsackhalses vorzunehmen. Richter ist der erste, welcher diese Methode für die Fälle einer eingeklemmten Hernia obturatoria empfohlen hat. „„Die Eröffnung des Bruchsackes,"" sagt dieser berühmte Chirurg, „„wäre ohne Schwierigkeiten zu machen, aber wahrscheinlich könnte man die verengte Oeffnung (die einklemmende Stelle) mittelst des Einschnittes nicht grösser machen, wohl aber nach der Methode von Le Blanc."" Diese Methode ward von neuem vorgeschlagen durch mehrere berühmte Chirurgen: „„Man würde ohne Zweifel in grosser Verlegenheit sein,"" sagt Sabatier, „„wenn man in einem Falle dieser Art von Hernien die Reposition der vorgefallenen Theile nicht machen könnte. Die Operation wäre, in Anbetracht der Tiefe der Stelle, welche der Bruch einnimmt und der Nachbarschaft bedeutender Blutgefässe, welche sich in dieser Gegend be-

finden, nicht ohne Gefahr; es wäre nicht möglich, die Oeffnung einzuschneiden, ohne sich nicht der Verletzung einiger derselben auszusetzen. Die einzige Hülfe würde die sein, mit dem Instrumente von Le Blanc zu erweitern. Uebrigens, fügt Sabatier hinzu, glaube ich kaum, dass es lange genug wäre, um bis zur Stelle der Einklemmung zu reichen."" Boyer und Sanson geben gleichfalls den Rath, die Erweiterung des Bruchsackhalses zu versuchen. J. Lafond berichtet ebenfalls, dass man vorgeschlagen habe, nach Eröffnung des Bruchsackes den Hals desselben mit dem Instrumente von Le Blanc zu erweitern, besser aber noch mit dem Haken von Arnaud, von dem man die Spitze (das Ende) zwischen dem Ligament [1] und die Eingeweide einführen und denselben nach und nach von aussen nach innen hineindrücken würde, bis man eine hinreichende Erweiterung erlangt hätte. Diese Methode wurde von Gadermann mit viel mehr Einzelheiten auseinandergesetzt: er räth an, durch die Haut und die Fascia lata einen Einschnitt zu machen, einen Zoll unterhalb dem Ligamentum Poupartii und in gleicher Entfernung von der Schambeingegend (Symphysis ossium pubis) anfangend; dieser Einschnitt soll mehr zu innen als nach aussen gerichtet und ungefähr 4 Zoll lang sein; der Musculus pectineus und der lange und kurze Kopf des Triceps sollen schief (schräg) durchschnitten werden. Um die Reduction des Eingeweides auszuführen, wird man den Ring (anneau) mit Hülfe stumpfer Haken zu erweitern suchen, die Erweiterung kann *nach innen, nach aussen und nach unten* gemacht werden."

„Rust sagt bezüglich der Operation der Hernia obturatoria, dass man die *Erweiterung* mittelst stumpfer Haken nach dem Rathe von Gadermann vornehmen müsse."

„Hr. A. Bérard hat gleichfalls die Erweiterung des fibrösen Ringes am Canalis obturatorius in einer Diskussion mit Hrn. Bouvier vorgeschlagen. [2] „„Hr. Bérard verlangt,"" sagt Bouvier, „„dass man sich darauf beschränke, den Annulus obturatorius zu erweitern; Sabatier und Boyer neigten sich zu dieser Methode. Dupuytren stund nicht an, den Einschnitt (débridement) anzurathen. Ich denke, dass es nicht immer nothwendig sein wird, sich des letztern zu bedienen, und dass

---

est préférable aux débridements *en dehors et en dedans.»* Setzen wir »aux débridements en dehors *ou* en dedans,« was vielleicht das richtige sein wird, so ist unsere Uebersetzung ebenfalls darnach abzuändern.

[1] Wir haben uns über dasselbe schon in unserm frühern Aufsatze ausgesprochen. (Siehe pag. 261, 1. c.)

[2] Die drei Musculi adductores wurden früher Adductor triceps genannt.

[1] Was für ein Ligament damit gemeint sei, ist nicht angegeben; ebenso wenig als die Stelle, wo dieser Haken angeführt werden soll. Der ganze Vorschlag ist also nicht genau ausgedrückt.

[2] Diese Discussion fand in der Academie der Medicin zu Paris statt, wie aus unserm geschichtlichen Abriss ersichtlich ist.

sogar in der That meistens die Erweiterung genügen wird, um die in der Hernie enthaltenen Theile zu reponiren, indem im Allgemeinen ihre Ausdehnung durch Fæcalstoffe, welche sich darin anhäufen und folglich die Vergrösserung ihres Volumens die gewöhnliche Ursache der Einklemmung ist; daraus folgt, dass ihre Verkleinerung (déplétion), welche man durch methodischen Druck erreicht, nichts weiter erfordert, als eine ziemlich mässige Erweiterung des fibrösen Ringes, [1] damit die Reposition ohne grosse Anstrengung (Gewalt) bewerkstelligt werden kann.««

„*Drittes Verfahren. Das Débridement (der Einschnitt) des Bruchsackhalses.* Bei dieser Methode durchschneidet man, nachdem man, um den Rücktritt der Eingeweide zu begünstigen, den Bruchsack geöffnet hat, das am Bruchsackhalse verengte Peritonæum und den fibrösen Ring, in welchem es sich eingeklemmt (eingebettet) hatte.«

„Im Jahre 1807 gab A s t l e y C o o p e r den Rath, auf folgende Weise das Débridement auszuführen. Er sagt: »»Wenn man im Falle einer Einklemmung irgendwann zur Ausübung der Operation dieser Hernie käme, so müsste man das Ligamentum obturatorium wegen der Lage der Arteria epigastrica an der *innern Partie* einschneiden (débrider).«« Es war in der That die Furcht vor der Verletzung der Arteria epigastrica, welche ihn bewog, den Einschnitt in den Bruchsackhals an seiner innern Partie anzurathen. In dem Falle, welchen er vor den Augen hatte, befand sich übrigens die Arteria obturatoria nach vorn und ein wenig nach innen.«

„Hipp. Cloquet gab in Frankreich zuerst (1812) genaue Indicationen über die Art und Weise an, um die Operation einer Hernia obturatoria auszuführen: »»Ich versuchte,«« sagt er, »»selbe mehreremals am Cadaver zu verrichten und das Verfahren, welches mir den besten Erfolg versprach, ist folgendes: Nachdem der Körper horizontal gelagert ist, beginne ich damit, in die Haut mit einem geraden und spitzigen Bistouri eine Invision zu machen, welche sich von dem innersten Theil des Arcus cruralis (arcade crurale) bis ungefähr zum obern Viertheil des Oberschenkels erstreckt. Dieser Längsschnitt soll nach innen von den Cruralgefässen, nahe an den grossen Schamlippen beim Weibe oder dem Scrotum beim Manne vorbeigehen. Man muss ihm eine solche Richtung geben, dass er zwischen die aneinander liegenden Ränder des Musculus adductor

longus (moyen adducteur) und des Musculus pectineus fällt. Man lässt hierauf den Oberschenkel beugen, schiebt die Muskeln bei Seite (écarter) und der Bruchsack liegt blos, ohne dass man andere Gefässe durchschnitten hätte, als einige Hautästchen, welche leicht zu unterbinden sind, während man den Bruchschnitt verrichtet. Man öffnet hierauf den Bruchsack mit vergrösserter Behutsamkeit, um wenn es nöthig ist, einen Einschnitt zu machen (débrider), so kann man selbigen leicht mit einem geknöpften Bistouri ausführen, welches man auf dem Ballen der Spitze des Zeigfingers bringt, in den obern Winkel der Wunde einführt und dessen Schneide nach *unten und innen* richtet.««

„Hr. Samuel Cooper adoptirte (Dictionaire de Chirurgie; art. Hernie) das gleiche Verfahren wie Astley Cooper; er sagt ebenfalls, dass die Trennung (division) des Ligamentum obturatorium und des Bruchsackhalses nach innen gemacht werden soll, aber er fügt noch bei, dass dieses geschehe, um die Arteria obturatoria auszuweichen. Wenn übrigens, fährt er fort, dieses Gefäss mit der Arteria epigastrica aus einem gemeinschaftlichen Stamme käme, so wäre sie in grosser Gefahr, wenn man diese Operationsmethode befolgen würde. Man hatte in einigen Fällen seit jenem von Astley Cooper die Arteria obturatoria nach aussen vom Bruchsackhalse gefunden.«

„Dupuytren rieth ein dem von Hipp. Cloquet ähnliches Verfahren an. Sanson setzt selbiges in folgenden Worten auseinander: »»Bei Gelegenheit eines Falles von einer Hernia foraminis ovalis, welche bei einem Manne durch eine heftige Anstrengung, die er beim Anziehen von zu engen Stiefeln machte, hervorgebracht wurde, suchte Hr. Dupuytren zu erklären, was dabei zu thun wäre, wenn diese Geschwulst, welche mit Leichtigkeit hinaus- und zurückging, sich einklemmen würde. Dieser berühmte Chirurge überzeugte sich, dass wenn man einen Einschnitt an der innern Seite der Geschwulst vornähme, man nach innen von den Cruralgefässen den Grund (fundus) des Bruchsackes, welcher im Zwischenraum zwischen dem Musculus pectineus, dem ersten und zweiten Adductor und dem Musculus rectus internus gelagert sei, auffinden, die blosgelegte Umhüllung (den Bruchsack) öffnen und nach innen, das heisst gegen den absteigenden Ast des Schambeins einschneiden könnte.«« Hr. Cruveilhier hat bei Gelegenheit des Falles, welchen er bei einer Frau in der Salpêtrière beobachtete, folgendes Verfahren, welches man hätte einschlagen können, vorgezeichnet: »»Im Falle einer eingeklemm-

---

[1] Dieser fibröse Ring ist im Urtexte nicht näher bezeichnet.

ten Hernia obturatoria,«« sagt Hr. Cruveilhier, »»bestünde das operative Verfahren:
1. Im Einschnitte der Haut, des Zellgewebes und der Oberschenkelfascie längs des innern Randes vom Musculus pectineus in der Zellgewebslinie, welche ihn vom äussern Rande des oberflächlichen Adductor (A. longus) trennt.
2. Im Aufheben des Musculus pectineus, was leicht auszuführen wäre, wenn man den Oberschenkel in halber Beugung erhielte. 3. Im Einschneiden der fibrösen Lamelle (lame aponeurotique), welche die hintere Fläche der Muskelscheide des Pectineus bildet. [1] 4. Im Eröffnen des Bruchsackes und zwar mit der nämlichen Vorsicht, wie bei allen Hernien.
5. Im Einschnitte (débridement) nach *unten und innen*, um die Gefässe auszuweichen, welche sich nach aussen befinden. Dieses Débridement sollte in mehrern Zeitabschnitten gemacht werden: Im ersten Zeitabschnitt würde man den Musculus obturator externus einschneiden und man würde sich überzeugen, ob nicht ein Theil der Geschwulst zwischen dem Musculus obturator (externus) und der Membrana obturatoria (interna) gelagert sei; [2] im zweiten Zeitabschnitt würde man die Membrana obturatoria [3] und im dritten den Sehnenbogen (arcade aponeurotique) des Musculus obturator internus einschneiden.«« [4]

»Hr. Rayer, welcher ebenfalls die Frage über das Débridement bei der Hernia obturatoria aufmerksam untersuchte, hält auch dafür, dass man *nach unten und innen* einschneiden (débrider) müsse. Man würde dann weniger in Gefahr sein, die Arteria obturatoria zu verletzen.«

»Wenn die Hernie die äussere Oeffnung des Canalis obturatorius nicht überschritten haben wird, so soll der Einschnitt nur auf die innere Oeffnung gemacht werden; im entgegengesetzten Falle soll er successive auf den vordern (äussern) und hintern (innern) Arcus fibrosus

[1] Hierunter wäre wahrscheinlich unsere Fascia subpectinea verstanden. (Siehe oben pag. 6 und Taf. XII, Fig. 4.)
[2] Einen solchen Fall hat Cruveilhier beobachtet und in seiner pathologischen Anatomie beschrieben. (Vide Taf. VI dieser Abhandlung.) Ein Theil der Hernie liegt in solchen Fällen im Durchgange zwischen der Membrana obturatoria externa und interna (vide oben pag. 7 und 19 und Taf. XII, Fig. 4). Wäre der Sitz der Einklemmung an dieser Stelle, so könnte man sich zur Hebung derselben entweder stumpfer Haken oder nöthigenfalls auch des Einschnittes bedienen.
[3] Ohne Zweifel ist hier unsere Membrana obturatoria interna darunter verstanden. (Siehe pag. 2.)
[4] Ein gerades oder ein wenig gekrümmtes geknöpftes Bruchmesser, wie es zur Operation anderer Hernien gebraucht wird, dürfte auch hier am zweckmässigsten sein.

(arc fibreux) des Canalis obturatorius angebracht werden.« [1]

»*Viertes Verfahren. Die Eröffnung des Unterleibes (der Bauchschnitt).* Man hat endlich vorgeschlagen, durch einen Einschnitt den Unterleib zu öffnen, um das Eingeweide aus dem Canalis obturatorius freizumachen. Martini scheint zuerst diese Operation angerathen zu haben, über deren Gefährlichkeit sich J. Lafond folgendermaassen ausdrückt: »»Welcher Chirurg würde es wirklich wagen, wenn er die Symptome einer Einklemmung wahrnähme, deren Sitz er nur im Foramen ovale vermuthen könnte, die Vorschrift von Martini und einiger anderer Autoren zu befolgen, nämlich den Unterleib oberhalb der Scham (Symphysis ossium pubis) zwischen den Musculis rectis (abdominis) zu öffnen und das Eingeweide frei zu machen?««

»Richter spricht ähnlich über dieses Verfahren: »»Wenn die Hernie,«« sagt er, »»äusserlich eine Geschwulst bildet, so dient selbe dem Messer als Führer; aber welche Gefahr hat es nicht, einen tiefen Einschnitt zu machen, wenn äusserlich keine Geschwulst vorhanden ist? Wie sehr ist es nicht zweifelhaft, ob man die Hernie wirklich finde? Man hat in diesen schwierigen Umständen gerathen, die Bauchhöhle nahe über der Schambeinfuge zu öffnen und das Eingeweide aus dem Bruche (dem Bruchsacke) zurückzuziehen. Aber niemand, fügt er hinzu, hat bis jetzt diese Operation gemacht und wahrscheinlich wird sie auch nicht so bald gemacht werden.«« Uebrigens schrieb auch Hr. Aug. Bérard im J. 1840: »»Ich würde lieber den von Pigray gegebenen Rath im Falle einer innern Einklemmung befolgen, nämlich den Unterleib zu öffnen und alsdann, wenn die Hernie zum Vorschein käme, das Eingeweide nach innen anziehen.«« Hr. Aug. Bérard äusserte jedoch in einem kürzlich erschienenen Artikel über die Hernia obturatoria (Dict. de méd. en 30 vol., Paris, 1842) diese Ansicht nicht wieder.«

»Endlich hat vor einigen Monaten, bei Gelegenheit eines Falles von einer Hernia obturatoria, welcher in der Klinik des Hrn. Manec vorkam, ein anonymer Autor, im Ignoriren (dans l'ignorance) alles dessen, was wir so eben erzählt haben, den nämlichen Rath gegeben: »»Es würde sich fragen, ob man in Anbetracht

[1] Man erinnere sich der anatomischen Beschreibung von Vinson, um einige Worte verstehen zu können. Wir haben seine eigenen Worte über diesen Gegenstand handelnden Worte auf pag. 3 dieser Abhandlung angeführt und bei der von uns gegebenen Beschreibung der anatomischen Verhältnisse auf pag. 4 ebenfalls auf die gleichen Worte hingewiesen.

der äusserst grossen Schwierigkeiten der am obern Theile des Oberschenkels auszuführenden Operation (es ist dieses ein Gedanke, welchen wir mit Zagen dem Urtheile unserer Collegen unterlegen) die Herniotomie nicht von der innern Seite des Bauches her vornehmen sollte. Man würde über dem Ligamentum Poupartii ähnlich wie bei der Unterbindung der Arteria iliaca externa einen Einschnitt machen, mit dem Unterschiede jedoch, dass man den Peritonealsack öffnen (einschneiden) und dass man mit dem Finger zur Untersuchung des eingeklemmten Organes schreiten würde: Es wäre nicht schwierig, von innen nach aussen einzuschneiden (débrider), und das um so mehr, als man mit einem direkten, und wie sich wohl von selbst versteht, sehr mässigen Zuge auf den vorgefallenen Darm oder das Netz sich behelfen könnte. Diese Idee, fügt der Autor hinzu, wird kühn und selbst vermessen erscheinen, und es giebt nur ein einziger Chirurge von grösserer Autorität, welcher es sich erlauben konnte, denselben zu adoptiren (donner suite). Doch worin besteht die Operation in der Wirklichkeit? In der Hervorrufung einer penetrirenden Wunde des Unterleibes ohne die Complication einer Verletzung der darin enthaltenen Organe. Diese Complication könnte durch die Einklemmung bestehen, aber auch durch diese wäre sie unabhängig von der Operation. Die Chirurgen haben jedoch durch wiederholte Thatsachen gelernt, dass die penetrirenden Bauchwunden, selbst dann, wenn ein Theil der Eingeweide durch sie ausgetreten wäre, nicht so ernsthafter Natur sind, als man es hätte befürchten können."" (Gazette des hôpitaux, T. VI, Nr. 99, Samedi 24 Août 1844, pag. 393.)

„Nachdem ich die Meinungen der berühmtesten Chirurgen über den in so schwierigen Fällen einzuschlagenden Weg auseinandergesetzt habe, möge es mir erlaubt sein, meine eigene Meinung darüber auszusprechen; ich formulire selbe in folgenden Worten:

„1. In allen Fällen, wo die durch die Hernia obturatoria gebildete Geschwulst leicht von aussen her wahrnehmbar ist und jedesmal, wenn das Instrument nur eine mässig dicke Lage zu durchschneiden hat, um, wie bei magern Individuen und bei alten Leuten, auf den Bruchsack zu gelangen, werde der Einschnitt durch die Haut, die Muskeln und den Bruchsack nach der Methode des Hrn. Hipp. Cloquet [1] ausgeführt. Hierauf versuche man die Dilatation mit Hülfe von stumpfen und hin-

länglich langen Haken, wie es Gadermann angerathen hat. Wenn die Reduction durch die Dilatation nicht leicht ausführbar wird, so nehme man das Débridement vor, indem man den Bruchsackhals und den fibrösen Ring (anneau fibreux [1]) nach unten und innen einschneidet.

„2. Wenn die Bruchgeschwulst von Aussen her nicht deutlich wahrzunehmen und wenn der Kranke fettleibig ist, oder wenn man in der Diagnose zwischen einer Hernia obturatoria und einer innern Einklemmung durch ein fibröses Band (bande fibreuse), oder durch eine Adhæsion (Exsudatmembran, oder eine Adhæsion des Netzes mit dem Peritonæum) in der Aushöhlung des Beckens im Zweifel ist, so wird man den Unterleib nach unten hin, sei es in der Mittellinie, sei es über dem Ligamentum Poupartii, eröffnen, um das Freimachen des Eingeweides anzustreben (tenter).

„Man wird vorläufig Sorge tragen, die Harnblase entleeren zu lassen, um selbe der Gefahr zu entziehen, bei der Operation verletzt zu werden. Ich verhehle weder die Unsicherheiten noch die Gefahren einer solchen Operation, aber sie scheint mir gerechtfertigt zu sein durch einen entscheidenden Beweggrund (considération décisive), welche in folgendem Spruche von Celsus ausgedrückt ist: *Melius anceps, quam nullum remedium.*"

Wir werden nun den vorigen Zeilen kurz noch beifügen, was für Ansichten in neuerer Zeit und besonders in Deutschland über die Operation der Hernia obturatoria geäussert wurden: Schon früher machte Hesselbach [2] in seiner Arbeit über die Brüche auf die Gefährlichkeit und Schwierigkeit dieser Operation aufmerksam. — In der sechsten Auflage seines Handbuches der Chirurgie bemerkt Chelius: [3] „Entstünde Einklemmung, wären die angewandten Mittel fruchtlos und die Operation indicirt, so müsste die Erweiterung der einklemmenden Stelle wo möglich auf eine unblutige Weise durch stumpfe Haken von innen nach aussen und unten geschehen. — Die blutige Erweiterung, wenn sie nothwendig wäre, müsste nach A. Cooper in der Richtung nach innen geschehen. — Wenn der Bruch unter den Muskeln verborgen wäre, würde die Diagnose wohl selten so sicher sein, dass man sich zur Operation entschliessen könnte." — Die

---

[1] Siehe oben pag. 32.

[1] Wahrscheinlich wird darunter unser Annulus obturatorius verstanden sein. (Vide oben pag. 2.)
[2] Die Lehre von den Eingeweidebrüchen. Würzburg 1829 und 1830. II. Thl. pag. 201.
[3] I. Bd. pag. 792. 6. Auflage.

Fälle von v. Rottek und Hewett haben auf die Operation dieser Hernie keinen Bezug, ebenso wenig derjenige von Brausky Cooper [1]. Letzterer betraf eine 49 Jahre alte Frau. Sie hatte schon seit zwei Jahren öfters in plötzlichen Anfällen von heftigen Schmerzen im rechten Schenkelbuge gelitten, welche eben so plötzlich wieder verschwanden. Später lag sie an den Symptomen einer Darmeinklemmung darnieder. B. Cooper vermuthete bei ihr eine rechtseitige Schenkelhernie, er machte einen Einschnitt, fand aber eine solche nicht vor; dagegen nahm er einen Bruchsack unter dem Musculus pectineus wahr, er schnitt einige Fasern desselben ein und als er dann den Bruchsack mit dem Finger untersuchte, schlüpfte dessen Inhalt in die Bauchhöhle zurück. [2]

Mit der von H. Obré vorgenommenen Operation einer Hernia obturatoria verhält es sich folgendermaassen: Er vermuthete bei einer 55jährigen Frau einen rechtseitigen Schenkelbruch. Es fand sich bei ihr eine geringe Anschwellung im Scarpa'schen Dreiecke des Oberschenkels, sie klagte über etwas Schmerz im rechten Schenkel und gab an, denselben ruhen lassen zu müssen; die Darmfunctionen waren unregelmässig. Obré machte wirklich im Glauben an eine Schenkelhernie einen darauf bezüglichen Einschnitt. Nachdem der Musculus pectineus 1½ — 2 Zoll quer eingeschnitten worden, kam ein taubeneigrosser Bruchsack, der aus dem Canalis obturatorius ausgetreten war, zum Vorschein. Um den Rand [3] einzuschneiden, ward die Vena saphena ebenfalls durchschnitten und ihr oberes Ende unterbunden. Der vorgefallene Dünndarm wurde zugleich mit dem Bruchsack reponirt und es erfolgte Heilung. [4]

Hr. Dr. Paul in Breslau und Hr. Dr. Löwenhardt in Prenzlau, welche über den gleichen Gegenstand schrieben, [1] verrichteten beide die Operation an der Leiche. Dem Ersten verweigerte die 66jährige Kranke und deren Angehörige die Operation während des Lebens. Er führte selbe an der Leiche auf folgende Weise aus: „In dem Dreieck, dessen Basis die Ramus horizontalis ossis pubis, dessen Seiten der vorspringende Bauch des Adductor longus und die dem Verlaufe der Arteria cruralis entsprechende Linie bilden, dessen Spitze also nach unten gerichtet ist, ein Dreieck, was wir der kürzern Bezeichnung wegen die Pectineusfläche nennen wollen, weil in seinem obern Theil die Ausbreitung dieses Muskels liegt, wurde parallel dem Laufe der Arteria cruralis im äusseren Drittheil jenes Dreieckes ein etwa 2 Zoll langer Hautschnitt geführt, der die Haut und die Fascia subcutanea spaltete. Die Fascia lata wurde hierauf, so wie die unten liegende Zellgewebsschicht auf der Hohlsonde getrennt und somit der Pectineus und Adductor brevis blos gelegt. Der letztere wurde mit breiten, stumpfen Haken stark nach innen gezogen und dadurch der fächerförmig ausgebreitete Pectineus noch mehr angespannt. Derselbe ward ebenfalls ziemlich in der Richtung seiner Fasern am obern Theile gespalten und nun kam schon die Bruchgeschwulst, zum grossen Theile freilich noch von dem mittlern und innern Theile des Musculus obturator externus bedeckt, zum Vorschein. Die Fasern und Bündel dieses Muskels wurden ebenfalls, so weit es ging, mit stumpfen Haken auseinander zu beiden Seiten geschoben oder mit dem Messer gespalten, die Bruchgeschwulst mit dem Finger von ihm isolirt und bis an ihren Ursprung auf die Membrana obturatoria (interna) hin verfolgt. Es gelang leicht, den obern Umfang der Bruchgeschwulst, also die Vorderfläche ihrer Austrittsstelle aus dem Foramen membranæ obturatoriæ [2] frei und dem Auge sichtbar zu machen; schwieriger war dies an seiner untern Peripherie. Hierselbst fand sich und zwar nach aussen auch der Nervenstamm des Nervus obturatorius, der aber durch die Geschwulst ganz nach aussen und unten und nach seinem Austritt aus der Oeffnung der Membrana obturatoria nach unten gedrängt war. Es liess sich annehmen, dass die Arterie denselben Verlauf aber unter ihm habe; jedoch war sie, so lange die Bruchgeschwulst nicht

---

[1] Wir fügten dieser Arbeit ein möglichst genaues Verzeichniss über die Litteratur dieses Gegenstandes bei, woselbst die Quellen unserer Angaben nachgesehen werden können. Dieses gilt sowohl in Bezug der ebengenannten, als auch der früher erwähnten oder der später noch anzuführenden Autoren.

[2] Diese Operation dürfte uns wenigstens als Fingerzeig dienen, bei Fällen, in denen die Reposition der Hernia obturatoria nicht gelingen will, durch einen Einschnitt bis in die Nähe des Bruchsackes sich Weg zu bahnen und dann die Taxis zu versuchen, die uns ohne denselben vielleicht durch die Tiefe, in welcher der Bruch gelegen ist, verunmöglicht werden konnte. Wir werden später nochmals auf diesen Vorschlag zurückkommen.

[3] Welcher Rand dieses sei, fand sich nicht angegeben.

[4] Siehe Schmidt's Jahrbücher der Medicin, Bd. 76, 1853. Nr. 1.

---

[1] Ersterer in Günsburg's Zeitschrift für klinische Medicin. IV. Bd. 5. Heft 1853, pag. 337, und letzterer in der deutschen Klinik Nr. 22, 1854.

[2] Es wird so ziemlich wahrscheinlich unser Annulus obturatorius damit gemeint sein. (Siehe oben pag. 2.)

entfernt war, nicht zu finden. [1] Die Bruchgeschwulst war etwa von der Grösse einer
kleinen Wallnuss, an ihrer Oberfläche mit mehrern feinen Gefässen und vielen fett- und grob-
maschigen Zellgewebssträngen überzogen, die
augenscheinlich aus der Oeffnung der Membrana obturatoria über die Bruchgeschwulst
hinweg von dieser vorgeschoben waren. Wir
öffneten den Bruchsack und fanden ihn etwa
³/₄ Linien dick, aus mehreren, wie es schien,
verfilzten Zellgewebsschichten [2] bestehend, die
aber mit dem eigentlichen Peritonealtheil des
Bruchsackes innig verwachsen waren. In dem
Bruchsack befand sich etwa eine Drachme blu-
tig seröser trüber Bruchflüssigkeit mit Exsudatflocken, eine kleine Partie dunkelrothes, sehr
venös blutreiches, aber wenig geschwollenes
oder verdicktes, angeheftetes Netzgewebe und
unter ihm Dreiviertheil des Umfangs einer an
der Mesenterialfalte eingeknickten Dünndarm-
schlinge, gleichmässig dunkelschwärzlich roth,
ziemlich schlaff, die Serosa matt glänzend, mit
dünnen Schichten hæmorhagischer und weiss-
licher Exsudatflocken bedeckt.«

»Nachdem so der Bruchinhalt blos gelegt
war, wurde die Einklemmungsstelle aufgesucht,
an keinem Punkte eine besonders auffallende
Einschnürung, sondern mehr im Verhältniss zu
dem Volumen der vorgefallenen Partien eine
überall gleichmässige Raumbeschränkung gefunden, welche durch Exsudatfäden innerhalb
des Bruchsackhalses noch vermehrt wurde.
Es wäre ziemlich leicht gewesen, durch eine
unblutige Erweiterung und Auseinanderdeh-
nung des Bruchsackhalses nach beiden Seiten
hin diesen zu erweitern. Ebenso bot sich
augenscheinlich die Möglichkeit dar, mittelst
eines geknöpften Bistouri's die Membrana obturatoria [3] (interna) nach *innen und nach unten* [4]

---

[1] Ihr Verhalten, wie es sich nach Wegnahme des
Bruchsackes ergab, ist folgendes: »Der Nerv verlief
nach aussen und bald nach unten, von der Bruchgeschwulst weggedrängt; die Arterie mit und unter
ihm, also auch an der äussern Seite; sie war klein
und wahrscheinlich hatte sie mehrere Aeste schon
innerhalb des Beckens abgegeben. Ihr Ursprung, ihr
weiterer Verlauf, ihre Verästelung liessen sich bei der
Ungunst der Verhältnisse, unter denen diese anatomische Untersuchung gemacht wurde, nicht ermitteln.«
(Paul, l. c. pag. 341.)

[2] Es war dieses wahrscheinlich das subperitoneale
Zellgewebe.

[3] Wir glauben nicht zu irren, wenn wir hier statt
der »Membrana obturatoria,« *Crus tendineum Annuli obturatorii* setzen würden. Die betreffenden Verhältnisse
sind aus unserer anatomischen Beschreibung leicht ersichtlich. (Vide pag. **2** und folg.)

[4] Auch Vinson hat angerathen in dieser Richtung
einzuschneiden, wie zuerst Hipp. Cloquet es angegeben. Ebenso haben Cruveilhier und Rayer das

---

von dem Rande des Foramen ovale oder dem
Ramus descendens ossis pubis loszutrennen
und somit den Brucheingang zu erweitern.«

Wenn man aus obiger Beschreibung
Schlüsse zu ziehen berechtigt ist, so ergiebt
sich daraus, dass die Operation der Hernia obturatoria keine so schwierige und gefährliche
sein dürfte, man bedenke jedoch, dass sie eben
nur an der Leiche vollzogen wurde.

Hr. Dr. Löwenhardt verrichtete die Operation nach Gadermann. Sein Fall betraf
eine Mutter von 5 Kindern, welche schon seit
8 Jahren an Koliken gelitten hatte. Als er an
deren Leichnam die Operation vornahm, —
der Schnitt wurde 1 Zoll nach innen von den
Schenkelgefässen gemacht — ward, wie in dem
Falle von Obré, die Vena saphena eingeschnitten, welches Ereigniss auszuweichen jeder Operateur ernstlich und vorsichtig sich bestreben
wird. Nach ihm soll man bei äusserlich wahr-
nehmbarer Geschwulst nach Gadermann operiren, wo dies nicht der Fall sei, räth er zum
Bauchschnitt mit Vermeidung der Arteria epigastrica. [1] Wäre dann ein anderes Leiden
vorhanden als das vermuthete, so könne man
selbiges dann vielleicht beheben oder einen
vicariirenden After anlegen. In Bezug auf seinen Fall gesteht er, »dass er eine unblutige
Erweiterung der Bruchpforte bei der festen
Einschnürung« als unwirksam habe annehmen
müssen. [2]

Wir haben so eben bemerkt, dass man nach
der Beschreibung des Hrn. Dr. Paul die Operation einer Hernia obturatoria weder für
schwierig, noch für gefährlich halten sollte, und
wirklich hat der Rath zur Vornahme der Operation in ihm auch einen warmen Vertheidiger
gefunden. Vernehmen wir daher noch seine
Ansichten darüber: [3]

»Die Operation der eingeklemmten Hernia
obturatoria ist eigentlich bis jetzt immer noch
auf dem Standpunkte der Theorie stehen geblieben und nur an der Leiche gemacht worden. Denn bei dem alten Falle von Arnaud
de Ronsil drang der Operateur nicht bis zur
Bruchpforte vor und trug blos das vorgefallene
Netz ab. Nur der Fall von Henry Obré er-
füllt alle Akte der Herniotomie von der Bloslegung der Bruchgeschwulst bis zum Débridement und der Reposition der vorgefallenen

---

Débridement in dieser Richtung zu machen vorgeschlagen. (Vide oben pag. **32** und 33.)

[1] Wir werden weiter unten auf diesen Vorschlag
zurückkommen.

[2] Siehe deutsche Klinik. Nr. **22.** Jahrg. 1854.

[3] l. c. pag. 349.

Bruchschlinge. [1] Gadermann gab vorzüglich eine weitläufigere Anleitung zu dem Operationsverfahren. Wir haben oben [2] unser Operationsverfahren gezeichnet, wie wir es am naturgemässesten halten. Der Hauptpunkt wird immer die Vermeidung der Arteria obturatoria sein. Von vornherein glaube ich indess, dass auch hier die Furcht vor der Arterienverletzung grösser ist, als die Gefahr, sie zu verletzen (wenn auch nicht, als die Gefahr, sie verletzt zu haben). Alle Welt kennt den famosen „„Todtenkranz"" hinter dem Ligamentum Gimbernati! — Wer das erste Mal einen eingeklemmten Crural- oder Inguinalbruch operirt, zagt beim Débridement wegen der Epigastrica und wegen jener Anomalie der Obturatoria, die so oft statt hat, dass man sie schon im fünften bis sechsten Cadaver finden soll; [3] — und doch kommen glücklicherweise solche Verletzungen sehr selten vor. Die Lehre lautet: man soll nicht ziehend, sondern mehr drücken schneiden, „„einkerben,"" ein nicht ganz scharfes Messer dazu gebrauchen, um so die Arterie wegzudrücken und nicht einen jähen Schnitt zu machen. Der grosse Diefenbach pflegte, bevor er das Bruchmesser zum Débridement einführte, die Schneide desselben ein paar mal in die Tischkante einzudrücken, um ihm so seine Schärfe etwas zu benehmen. Man fühlt übrigens eine Arterie, wenn man am lebenden Menschen operirt, wohl mit der eingeführten Fingerspitze pulsiren. — Alles dies gilt auch von dem Débridement der Hernia obturatoria. Erstens liegt die Arterie meist nach aussen, man wird also die Membrana obturatoria hart am obern Rande des eirunden Loches abtrennen, [4] wenn die Erweiterung nicht mit einem stumpfen Werkzeug, Haken oder dem Finger (Zaug, Gadermann) zu bewerkstelligen ist. [5] Man wird aber die Arterie leicht auf oder an dem Bruchsack fühlen können, um sie zu vermeiden. [6] Gewöhnlich ist die Einklemmung im

Bruchsacke selbst; [1] man dilatire denselben deshalb am besten gerade *nach oben* [2] durch seichte Einkerbungen, die durch eine stumpfe Gewalt sich leicht erweitern lassen. Zum Ende übrigens haben wir schon gesehen, dass die Einklemmung dieser Art Brüche nicht selten eine ziemlich lockere ist, so dass die Bruchschlinge bei leichtem Zuge von der Bauchhöhle aus rasch hereinschlüpft und die Reposition ohne Schnitt gewiss besser gelingen würde, wenn die Lage des Bruches nicht eine so versteckte und unzugängliche wäre." [3]

„Freilich wird die Operation immerhin eine sehr gefährliche und schwierige sein, da sie aber absolut lebensrettend und der einzige Weg ist, die Einklemmung zu heben, so muss sie gemacht werden, wenn die Diagnose einmal feststeht und der allgemeine Zustand der Kranken es erlaubt. [4] Hesselbach, Astley Cooper, Gadermann, Cruveilhier, Dieffenbach stimmen darin überein. Die neueste Stimme über diesen Gegenstand: Fischer [5] zweifelt an der Möglichkeit des Gelingens; H. Obré hat durch seine Operation dieselbe dargethan. [6] Oder soll man vielleicht jenen verzweifelten Vorschlag vorziehen (Martini's nach Fischer's Angabe [7], der als ultimum Refugium den Bauchschnitt anräth, worauf die Bruchschlinge von der Bauchhöhle her aus der Bruch-

---

[1] Man erinnere sich jedoch, dass der Operateur eine Schenkelhernie vermuthete und also diese operiren wollte. (Siehe oben pag. 35.)

[2] Siehe pag. 35 dieser Arbeit.

[3] Hr. Dr. Paul wird hier deren Ursprung aus der Epigastrica oder geradezu unmittelbar aus der Cruralis im Auge gehabt haben. (Siehe auf pag. 17.)

[4] Wir machen hier nochmals aufmerksam, dass der Schnitt gewöhnlich auf das Crus tendineum Annuli obturatorii wird gemacht werden müssen. Seine Verhältnisse sind im anatomischen Theile dieser Arbeit, wie man sich erinnern wird, genau angegeben. (Vide pag. 2.)

[5] Die Finger dürften jedoch so leicht nicht einzubringen sein.

[6] Wir müssen es dahin gestellt sein lassen, ob die Arteria obturatoria (deren Caliber und deren Verzweigungen sehr variiren) durch ihre Pulsation in solchen

Fällen wahrzunehmen sei und es dürfte sich nebstdem noch fragen, ob man an der Bruchpforte jedesmal so leicht mit der Fingerspitze zur Arterie gelangen könne, um deren Pulsation zu fühlen.

[1] Hr. Dr. Paul wollte vielleicht sagen »an der Bruchpforte selbst«.

[2] Wir halten diese Richtung nicht für angemessen, weil der Schnitt ja gegen den Knochen (Sulcus obturatorius) gerichtet wäre. Bei Beschreibung der von ihm an der Leiche vorgenommenen Operation, sah ja Hr. Dr. Paul die Möglichkeit des Einschnittes *nach innen und unten* ein. (Siehe oben pag. 36.)

[3] Vergleiche daher unsern bei der Taxis (pag. 27) gemachten Vorschlag, auf den wir alsbald zurückkommen werden.

[4] Und wenn man vorher, wie sich wohl von selbst versteht, die nöthig befundenen Versuche zur Taxis vorgenommen hat.

[5] Wir verweisen in Bezug auf diese Worte auf unsere in dem nächstfolgenden geäusserten Ansichten. Auch Blazina redete der Operation nicht das Wort. (Prag. Vierteljahrsschrift, 5. Jahrgang, 1. Heft, 1848.)

[6] Siehe das in Anmerk. 1 vorig. Spalte und pag. 35 über dieselbe Gesagte. Hr. Dr. Paul schreibt »Orbé,« und wenn ich recht gesehen habe die Schmidt'schen Jahrbücher »Obré«. (Bd. 76, 1853. Nr. 1.) Vergleiche die Litteraturangaben.

[7] Hr. Dr. Paul hat an dieser Stelle seines Aufsatzes ein Fragezeichen eingeschaltet. Vinson macht jedoch auf pag. 21 und 86 seiner Abhandlung die gleiche Angabe. (Siehe pag. 33 dieser Arbeit und unsern geschichtlichen Ueberblick und die Litteraturangaben.)

pforte herausgezogen und so die Einklemmung behoben wird?"

Zum Schlusse dieser etwas lange gewordenen Zeilen über die Operation der Hernia obturatoria gestehen wir offen, dass wir von unsern im frühern Aufsatze [1]) geäusserten Ansichten über diesen Gegenstand abgekommen sind. Dieses geschah hauptsächlich durch die Belehrungen, die wir aus der Abhandlung von Vinson schöpfen konnten. Im Ganzen sind wir auch mit seinen (oben [2]) wörtlich angeführten) Vorschlägen über die genannte Operation einverstanden und erlauben uns nur, dieselben einigermaassen zu modificiren und das von uns als zweckmässig Gefundene beizufügen.

1) Gelingt die Reposition einer Hernia obturatoria durch die früher [3]) angegebenen Mittel nicht, so mache man einen Einschnitt durch die Haut und die Oberschenkelfascie bis auf den Musculus pectineus, und zwar führe man diesen Schnitt gerade so, als ob man die Operation nach Gadermann [4]) oder Hipp. Cloquet [5]) oder Paul [6]) vornehmen wollte. Der (meistens) in der Tiefe gelegene und den Manipulationen zur Taxis unzugängliche Bruchsack wird auf diese Weise zugänglicher, man wiederhole daher nach dem auf eben angegebene Weise vorgenommenen Einschnitte die Versuche zur Reposition.

2) Gelingt auch dann die Taxis des Bruches noch nicht, so gehe man zu den weitern Momenten der Operation über, wie selbe von Vinson (auf Seite 87 [7]) seiner Abhandlung empfohlen worden sind. [8]) Ist man dann bis zur

Bloslegung des Bruchsackes gekommen, so wird man dessen Inhalt nochmals in die Bauchhöhle zurückzubringen suchen, gelingt dieses nicht, so schreite man zur Erweiterung der Bruchpforte mit Hülfe stumpfer Haken, und im Falle auch dann die Taxis nicht glückt, so wird man erst hierauf zum Einschnitte (débridement) *nach innen und unten* seine Zuflucht nehmen. Die Erweiterung mittelst stumpfer Haken ist vielleicht in solchen Fällen leichter möglich, wenn die Einklemmung etwa durch die Membrana obturatoria externa hervorgerufen sein sollte. [1]) Man erinnere sich überhaupt während der Operation stets, wo die Einklemmung einer Hernia obturatoria statt finden kann [2]) und wo sie im vorliegenden Falle wirklich statt findet, um jedesmal das Operationsverfahren darnach zu modificiren.

3) Ueber das Débridement ausserhalb des Bruchsackes liegen bei dieser Art von Brüchen noch keine Erfahrungen vor und es bleibt dem Ermessen der Aerzte im betreffenden Falle anheimgestellt, ob dasselbe nöthigenfalls nicht auch hier in Anwendung zu ziehen sein wird. [3])

4) Vinson giebt bei seinen Vorschlägen über die Operation der Hernia obturatoria in zweiter Linie an, dass, wenn die Bruchgeschwulst von aussen her nicht deutlich wahrnehmbar oder der Kranke fettleibig sei, oder wenn man in der Diagnose zwischen einer Hernia obturatoria oder einer innern Einklemmung zweifle,

---

[1]) Henle und Pfeufers Zeitschrift für rationelle Medicin. Neue Folge. II. Bd. 3. Heft 1852, pag. 261.
[2]) Auf pag. 34.
[3]) Beim Abschnitte über die Taxis. (Siehe pag. 25.)
[4]) Siehe oben pag. 31. Vergleiche darüber: Gadermann, über den Bruch durch das Hüftbeinloch etc. Landshut 1823, oder Dieffenbach, operative Chirurgie, pag. 619, in welch' letzterer das Verfahren von Gadermann wörtlich angeführt ist.
[5]) Siehe oben pag. 32.
[6]) Siehe oben pag. 35. — Wir bemerken noch, dass hier vorläufig nur vom Hautschnitte bei der genannten Operation die Rede ist. Wir werden sogleich auf die von verschiedenen Autoren gemachten Vorschläge für die übrigen Momente der Operation zu sprechen kommen.
[7]) Siehe oben pag. 34.
[8]) Er schlägt das Verfahren von H. Cloquet (pag. 32) zur Nachahmung vor. Wir machen hiemit noch auf jenes von Cruveilhier (pag. 32), Rayer (pag. 33), Paul (pag. 35) und aller übrigen Autoren aufmerksam, welche sich mit diesem Gegenstande beschäftigten. Spätere Erfahrungen und Versuche an Leichnamen müssen lehren, welche von den angeführten Operationsweisen den Vorzug verdiene. Leider

stunden uns zu vergleichenden Versuchen für die Operation keine Leichen zu Gebote.
[1]) Siehe pag. 19 und pag. 26.
[2]) In dieser Beziehung ist besonders das von Cruveilhier angegebene Verfahren erwähnenswerth. (Siehe oben pag. 32 und 33.)
[3]) In Bezug auf die Schenkelhernie sagt Linhart (l. c. pag. 63) darüber: »Ich bin der Meinung, dass, wenn man ausserhalb des Bruchsackes das Débridement in jedem Falle versucht, man die fruchtlosen Discussionen über die Frage, ob und wann man ausserhalb des Bruchsackes dilatiren solle, am besten ausweicht, besonders wenn man folgendermaassen verfährt:
Nach der Durchtrennung der Fascia propria verfährt man so, wie bei der Herniotomie mit Eröffnung des Bruchsackes; man spannt mittelst Sperrpinzetten den Sack der Fascia propria an (d. h. wenn diese Haut kein so lockeres Gefüge hat, dass sie ausreisst), sucht die einklemmende Stelle auf, und dilatirt, nachher verfährt man wie immer bei der Taxis, muss jedoch sehr Acht haben, ob nicht der Bruchsack mit zurück weicht; ist man nicht im Stande den Darm zu entleeren und weicht das Bauchfell aus, so liegt das Hinderniss im Bruchsacke, und es ist entweder die Incarceration im Bruchsacke oder es ist der Darm im Bruchsacke angelöthet, oder es ist viel Netz und eine sehr kleine Darmschlinge oder nur eine Wand des Darmes eingeklemmt. In diesen Fällen schreite man zur Eröffnung des Bruchsackes.«

man dann den Bauchschnitt vornehmen solle.[1] Wir sind der Meinung, dass in neuerer Zeit erstlich die diagnostischen Kennzeichen einer Hernia obturatoria wesentlich vermehrt und genauer festgestellt worden seien[2], und zweitens halten wir dafür, dass unter den angegebenen Umständen und sogar einzig nur für die Feststellung der Diagnose eher noch der oben angegebene Einschnitt in der Regio obturatoria, als der Bauchschnitt vorzunehmen sei.[3] Wir glauben daher schliesslich, dass der ursprünglich von Martini gemachte Vorschlag, den Bauchschnitt auszuführen[4], nur eine höchst seltene Anwendung finden wird, einmal weil die übrigen Vorschläge gewöhnlich zum angestrebten Ziele führen dürften und andererseits wird jeder Arzt nur im äussersten Nothfalle und auch vielleicht dann noch zagend diese gewichtige Operation vornehmen und der Kranke oder dessen Umgebung werden oft genug ihre Einwilligung dazu verweigern. — Wie dem aber auch sei, so ist ausser den oben[5] angegebenen Methoden der Ausführung dieser letztern Operation von Herrn Dr. Löwenhardt noch ein anderes Verfahren beschrieben worden, welches, sollte man je in den Fall kommen, dieselbe zu verrichten, in Beherzigung zu ziehen sein möchte. Er drückt sich nämlich über die Operation der Hernia obturatoria, von

welcher er übrigens glaubt, dass je früher selbe unternommen, sie auch um desto bessere Aussichten gewähren werde, folgendermassen aus:[1] „Ueber die Art der Ausführung der Operation bestehen bekanntlich Differenzen, welche sich jedoch wohl ausgleichen lassen dürften. Bei einigermaassen fühlbarer Geschwulst operirt man nach Gadermann; bei nicht fühlbarer Geschwulst eröffnet man die Bauchhöhle mit Vermeidung der Epigastrica oberhalb des Ligamentum Poupartii, gleitet *nach Zurückschiebung des Peritonæum*[2] bis unter den Ramus horizontalis ossis pubis zum obern Rande des Foramen ovale, untersucht den Canalis obturatorius und zieht die etwa eingeklemmte Darmschlinge zurück. Zeigt sich ein Irrthum in der Diagnose, so ist bei erweiterter Oeffnung vielleicht ein anderes hebbares Leiden zu entdecken, oder man findet Grund einen vicariirenden After anzulegen. Zu alleiniger Feststellung und Reposition einer Hernia obturatoria bedarf es wohl nur eines einen Zoll langen Schnittes in die Fascia transversa (abdominis), da schon die Einführung eines Fingers zur Reposition genügen möchte. Wollte man bei eingetretener Gangraen noch Rettungsversuche machen, so liesse sich ja auch auf diesem Wege der Darm in der Nähe der Wunde festhalten."

---

[1] Auf pag. 88 seiner Abhandlung; siehe oben pag. 34.

[2] Siehe oben bei der Diagnose pag. 23.

[3] Siehe auf pag. 38.

[4] Siehe auf pag. 33 und pag. 37 Anmerk. 7.

[5] Auf pag. 33 und 34. — Die Eröffnung des Unterleibes soll also über der Schambeinfuge (pag. 33), oder über dem Ligamentum Poupartii gemacht werden (pag. 34), und zwar mit, oder wie wir gleich anführen werden, ohne Eröffnung des Bauchfells. In beiden Fällen wird man die Verletzung der Arteria epigastrica möglichst vermeiden.

---

[1] Deutsche Klinik, Nr. 22, 3. Juni 1854.

[2] Hr. Löwenhardt scheint also vorläufig das Peritonæum nicht einschneiden zu wollen, wie dieses von andern Autoren (siehe pag. 33 und 34) vorgeschlagen ist. Möglicherweise sind obige Worte von Hrn. Löwenhardt jedoch nicht in unserm Sinne gemeint, wir können es nicht entscheiden. Der Gedanke aber, das Peritonæum beim Bauchschnitte anfänglich nicht einzuschneiden, finden wir indessen der Erwähnung werth. Zu Versuchen an Leichen über diesen Vorschlag hatten wir leider keine Gelegenheit. Sollten wir uns etwa in der Auffassung der Worte des Hrn. Löwenhardt geirrt haben, so bitten wir um Nachsicht.

Kurzgefasster geschichtlicher Abriss über die Lehre von der Hernia obturatoria.[1]

I.

Die alten medicinischen Schriftsteller erwähnen der Hernia obturatoria nicht. Wenn man an die Schwierigkeit der Diagnose dieses Bruches und an die seltene Gelegenheit zu Leichenöffnungen im Alterthume denkt, so wird man deren Stillschweigen begreifen.

Nach Garengeot ist Arnaud de Ronsil, ein französischer Chirurge des letzten Jahrhunderts, der erste, welcher die Hernia obturatoria beobachtete. Circa zwei Jahre später sah Duverney an dem Leichnam einer Frau eine beiderseitige Hernie dieser Art und dieser berühmte Anatome legte das Präparat, wie Garengeot[2] ebenfalls erzählt, der Academie zu Paris vor. Im Jahre 1733 wurde Garengeot zu einer Frau gerufen, welche vier Tage vorher geboren hatte und bei welcher er eine derartige Hernie wahrnahm und im Jahre darauf (1734) las er in der Academie der Chirurgie dieses Factum vor, woselbst der Sohn von Arnaud ihm bemerkte, dass er zwei ähnliche Fälle an Lebenden beobachtet habe, bei welchen das Eingeweide leicht habe reponirt werden können. Ein wenig später veröffentlichte Garengeot sein: Mémoire sur plusieurs hernies singulières, in welchem er eben von den zwei Fällen von Arnaud, dem von Duverney, dem seinigen, jenen zweien von Arnaud dem Sohne, dem von Malaval, einem andern

von Garé und endlich einem letzten spricht, welchen er an einem Sattler in der Rue du Sepulcre beobachtet hatte; er endet zuletzt damit, jener eigenthümlichen Beschaffenheit des Peritonæums zu erwähnen, wenn es durch den Canalis obturatorius austrete (ein Infundibulum bilde[1], wie dieses ihm von Hommel, dem Prosector an der medicinischen Facultät zu Strassburg, an einem Beckenpräparate gezeigt worden war.

Ungeachtet der Beobachtung von Duverney, zweifelte man später doch noch an der Möglichkeit des Vorkommens einer Hernia obturatoria und Reneaume, ein pariser Arzt und Schriftsteller über die Hernien, erwähnte der Hernia obturatoria nur, um deren Vorkommen in Zweifel zu ziehen (1726), Garengeot aber suchte die Zweifel der damaligen Chirurgen über diesen Punkt zu überwinden.

Man kennt das genaue Datum nicht, wann Albinus Gelegenheit hatte, eine derartige Hernie zu beobachten. Wie von Günz kurz erwähnt wird, enthielt dieselbe die Harnblase und wurde in dem Leichnam eines Weibes gefunden; dennoch schreibt der gleiche Autor (1774), dass das Vorkommen der Hernia obturatoria noch von vielen geläugnet werde. Auch scheint derselbe nicht überzeugt gewesen zu sein, dass Arnaud de Ronsil der erste war, welcher die Hernia obturatoria beobachtete, denn er vindicirt dem Chirurgen Lemaire in Strassburg diese Ehre, indem dieser im Jahr 1718 über den Fall, welchen er beobachtet hatte, den Chirurgen und Aerzten von Strassburg mehreres darüber mittheilte. Günz hatte dieses von Hänel, einem Strassburger Arzte, vernommen, gleichwie er auch vom nämlichen hörte, dass Cassebohm, ein Professor der Anatomie zu Berlin, mehrere Fälle von derartigen Brüchen seinen Zuhörern vorgezeigt habe. Endlich berichtet Günz, dass Zoëga,

[1] Die erste Abtheilung desselben ist im Auszuge nach Vinson bearbeitet.

[2] Garengeot, Mémoire sur plusieurs hernies singulières. (Mémoires de l'Acad. roy. de Chirurg. T. I. pag. 709.) Bei dieser Angabe fehlt leider die Jahreszahl, wir wissen also nicht genau, wann die angeführten ersten Beobachtungen gemacht wurden. Es fallen selbe aber ziemlich wahrscheinlich auf den Anfang des vorigen Jahrhunderts.

Die auf die Hernia obturatoria Bezug habenden Schriften, deren Autoren in diesem geschichtlichen Ueberblicke genannt sind, mögen bei der Litteratur nachgesehen werden.

[1] Siehe oben pag. 9.

ein berühmter dänischer Chirurge, ihm vor einigen Jahren von ähnlichen Fällen erzählt habe, welche demselben vom ersten Chirurgen der dänischen Armee mitgetheilt worden seien. [1] Wenn auch die Angaben von Günz dahin deuten, dass die ersten Beobachtungen der Hernia obturatoria weiter hinaufreichen, als zu Garengeot, so hat doch der letztere zuerst, und zwar durch das in der königlichen Academie der Chirurgie vorgelesene Mémoire, die Aufmerksamkeit auf dieselbe gelenkt.

Im übrigen beschrieb Günz schon viele anatomische Einzelheiten der Regio obturatoria, er machte auf die grössere Häufigkeit dieser Hernie beim Weibe aufmerksam, er besprach deren Ursachen, deren Operation, deren Taxis und sogar ein für dieselbe passendes Bruchband, dessen schwierige Application er schon eingesehen hatte.

Zwei Jahre später (1746) widmete auch Zacharias Vogel in einer Abhandlung von den Brüchen unserer oft genannten Hernie ein eigenes Capitel. Er bespricht ebenfalls die Beobachtungen von Cassebohm, und citirt hierauf einen Brief von Hommel, in welchem der letztere die *sackförmige Beschaffenheit* des Peritonæums in der Gegend der Foramina obturatoria bespricht; ebenso erwähnt er auch der Angaben von Garengeot.

Im Jahre 1750 beschrieb Heister die Hernia obturatoria, ihre Taxis und ihre Operation, bei der man sich, wie er angiebt, hüten solle, die Arteria obturatoria zu verletzen. Camper fand (1760) in der Leiche eines abgemagerten alten Mannes jene trichterförmige Beschaffenheit (Infundibulum) des Peritonæums, das in den Canalis obturatorius eingetreten war; er zeichnete das Object und hielt dafür, dass jene Beschaffenheit häufiger vorkomme, als man glaube.

Klinkosch erwähnte (1765) ebenfalls der „Hernia per Foramen ovale ossium innominatorum," dann bespricht er alle frühern Beobachtungen der (bis dato von uns erwähnten) Autoren und in einer Note beschreibt er die Hernia obturatoria, die er in der Leiche eines 17jährigen Mannes fand, der an Hydrops gestorben war.

Vier Jahre darauf (1769) schrieb Eschenbach, Professor zu Rostock, über die „Hernia ovalis." In zwei Fällen hatte er Gelegenheit, selbe an Lebenden zu beobachten: bei einem 24jährigen Mädchen, bei welchem er die Reposition der Hernie vornahm und bei einem über 20 Jahre alten Manne, bei welchem ihm die Taxis ebenfalls gelang. [1] Er citirt nebstdem die Beobachtungen früherer Autoren.

Im Jahre 1773 publicirte Heuermann seine „Abhandlung von den vornehmsten chirurgischen Operationen," worin den „Hernien des Foramen ovale" ein Capitel gewidmet ist, wovon er in der Leiche eines Weibes ein Beispiel fand, das er beschreibt. — Ueberhaupt ist seine Abhandlung über die genannte Hernie schon eine ziemlich vollständige. Ebenso jene von Richter, in seiner „Abhandlung von den Brüchen" (1785), worin er bei der Operation die Erweiterung der Bruchpforte nach der Methode von Le Blanc vorzunehmen räth. [2]

Endlich erwähnen wir noch des von Martini gemachten Vorschlages, zur Hebung eines im Canalis obturatorius eingeklemmten Eingeweides den Bauchschnitt vorzunehmen. [3]

Die Beobachtungen im jetzigen Jahrhundert über die Hernia obturatoria, wie auch die darüber veröffentlichten Beschreibungen und Untersuchungen, sind, wie wir in den folgenden Zeilen sehen werden, schon weit zahlreicher als die im frühern: So erzählt Lentin (1804) ein Beispiel der Hernia obturatoria, ebenso Astley Cooper (1807); letzterer fand eine solche in der Leiche eines Mannes, bei welchem er einen Inguinalbruch präparirte und zwar auf der nämlichen Seite.

Gewiss sollte man nun annehmen, dass damals jeder Zweifel über das Vorkommen der Hernia obturatoria verschieden gewesen wäre, indess erneuerte im Jahre 1808 Richerand in Frankreich jene Zweifel wieder, welche man im vorigen Jahrhunderte darüber gehabt hatte: die Fälle von Garengeot, meinte dieser Autor, hätte man für Cruralbrüche halten können, welche durch den Widerstand der Fascia lata zurück (in die Tiefe) gedrängt worden seien. [4] Im Jahre 1812 jedoch, als Richerand die von

---

[1] Aus diesen Angaben von Günz über die Beobachtungen von Lemaire, Cassebohm und Zoëga geht genüglich hervor, dass die Beobachtungen über die Hernia obturatoria in älterer Zeit ebenfalls nicht selten waren, dass jedoch nur wenige Beschreibungen derselben der Oeffentlichkeit übergeben wurden.

[1] Ob in diesen und in andern Fällen die Diagnose richtig gestellt worden war, dürfte einigermaassen in Zweifel zu ziehen sein.

[2] Siehe pag. 31.

[3] Ueber diese Angabe findet sich in Vinson's Abhandlung kein Datum. Sie scheint jedoch der Zeit nach an diese Stelle zu gehören, da auch Vinson dieselbe hier einreihte. Er entnahm selbe folgendem Werke von Jalade-Lafond, welches 1822 zu Paris erschien: Considérations sur les hernies abdominales, 1re partie pag. 324. (Siehe die Litteraturangaben.)

[4] Hierüber können wir natürlich nicht entscheiden. Bei den frühern Beobachtungen *an Lebenden*, welche Garengeot, Eschenbach etc. über die Hernia obturatoria gemacht haben wollen, mag wohl hie und da, — wir bemerken es nochmals, — ein Irrthum in der Diagnose vorgekommen sein.

Hipp. Cloquet an einem Leichnam gefundene Hernia obturatoria gesehen hatte, hörte er natürlich auf, an dem Vorkommen derselben zu zweifeln. 1809 schrieb auch Lassus einiges über dieselbe und 1810 fand Lawrence ein Infundibulum, wie es Camper beschrieben hatte. Des Falles von Hipp. Cloquet (1812) haben wir so eben Erwähnung gethan. Im gleichen Jahre veröffentlichte Hesselbach in Deutschland einen Fall über den genannten Bruch, dann im Jahre 1816 Jul. Cloquet; er beschrieb seinen Fall genau und begleitete die Beschreibung mit einigen Zeichnungen. (Siehe Taf. VII.)

In Buhle's zu Halle 1819 erschienenen Dissertation über die Hernia obturatoria liest man eine Beobachtung von Mekel über eine solche Hernie; sie ist auch in der „Pathologischen Anatomie" des Letztern enthalten.

Im Jahre 1822 diagnosticirte Dupuytren eine Hernia obturatoria an einem 45jährigen Manne, die er durch ein Bruchband zurückzuhalten suchte und eine allfällig nothwendige Operation besprach. [1] Im gleichen Jahre ward auch ein Fall von Brechet[2] beobachtet. Auch Boyer handelt in seinem „Traité des maladies chirurgicales" (1822) über die Hernia obturatoria, er räth, wie Richter, sich bei der Operation stumpfer Haken zu bedienen.

Gadermann schrieb eine eigene Abhandlung „über den Bruch durch das Hüftbeinloch" (1823), nachdem er einen sehr interessanten Fall davon beobachtet hatte; das Gleiche that (1826) Samuel Cooper in seinem Dictionnaire de Chirurgie pratique, und zu gleicher Zeit beobachtete auch Nükel eine Hernia obturatoria, welcher, zwei Jahre später (1828), die Beobachtung von Maréchal und wieder zwei Jahre später (1830) diejenige von Smith über den gleichen Gegenstand folgte.

Cruveilhier publicirte im Jahre 1832 einen neuen Fall und zeichnete einige Verhältnisse desselben in seiner „Pathologischen Anatomie" ab. (Siehe Taf. VI.) Er glaubt, dass in vielen Fällen das Eingeweide zwischen der Membrana obturatoria (interna) und dem Musculus obturator externus sich einklemmen werde. [3] In demselben Jahre schrieb Rust in seinem „Handbuch der Chirurgie" einen gutgeschriebenen Artikel über die Hernia obturatoria und bereicherte zugleich die Litteratur mit einem neuen Falle; ebenso hat auch L. J. Sanson in seinem „Dictionnaire de médicine et de chirurgie pratiques" eine kurze aber genaue Beschreibung über die Hernia obturatoria gegeben.

Eine Beobachtung über die Hernia obturatoria wurde ferner von Demeaux (1839) veröffentlicht, er begleitet dieselbe mit einer Beschreibung der Regio obturatoria und bespricht dabei die Operation. Velpeau behandelt diese Hernie kurz in seiner „Médecine opératoire" (1839); unter die Autoren, welche sie beobachtet, zählt er auch Verdier und Pipelet, deren Beobachtungen jedoch Vinson in der Litteratur nicht finden konnte; [1] Velpeau räth an, die Operation nicht zu unternehmen, und zwar wegen der tiefen Lage der Membrana obturatoria (interna) und wegen der Schwierigkeit den Verlauf der Gefässe zu constatiren.

Im Jahr 1839 beobachtete Cruveilhier an der Leiche zwei leere Bruchsäcke und im Jänner 1840 fand Bouvier bei der Section einer Frau eine Hernia obturatoria, welches Factum er der Académie de Médecine und der Medicinischen Gesellschaft zu Paris mittheilte. Im Schoosse der letzteren entspann sich dann eine sehr interessante Discussion über die Diagnose und die Operation einer Hernia obturatoria. Daselbst brachte Bouvier vor, dass die Diagnose in den Fällen von Laugier und Dubled[2] gemacht worden sei, dass die Obduction jene Diagnose bestätigt habe, und dass die Operation von den berühmten Chirurgen Richter, Sabatier und Boyer angerathen worden sei. Bérard dagegen hielt die Diagnose für unsicher und glaubte, man müsse aus Klugheit die Operation verwerfen, und dass es vielleicht besser sein würde, den von Pigray[3] gegebenen Rath zu befolgen und den Bauchschnitt zu machen. — Die oben angeführte Beobachtung von Bouvier wurde mit vieler Sorgfalt von dessen Interne Fiaux beschrieben.

Wetherfield beobachtete im März 1840 eine eingeklemmte Hernia obturatoria, welche

---

[1] Siehe pag. 28 und 32.

[2] Die Litteraturangaben über diesen Fall finden sich in unserer, aber auch in der Abhandlung von Vinson nirgends. Der Kranke war, wie Vinson erzählt, den Zufällen einer innern Einklemmung erlegen und erst bei der Section fand man die vorher nicht diagnosticirte Hernia obturatoria.

[3] Oder wenn man will zwischen Membrana obturatoria interna und externa. (Siehe oben pag. 14 und 19 und Taf. VI und XII, Fig. 4.)

---

[1] Siehe die Anmerkungen auf pag. 12 und 41.

[2] Die Litteratur dieser zwei Fälle wurden von Vinson ebenfalls nicht angeführt. Möglicherweise sind selbe jedoch nicht veröffentlicht worden. Wir erinnern nochmals, dass ungleich mehr Fälle dieser Hernie beobachtet worden sein mögen, als in der Litteratur sich finden.

[3] Es ist in der Abhandlung von Vinson nicht angegeben, wo in der Litteratur sich dieser Vorschlag verzeichnet findet. (Siehe oben pag. 33.)

den Tod herbeiführte. In dem Falle von Dr. Frantz (1842) gelang die Reposition wiederholt und zuletzt, als sie einst nicht mehr gelingen wollte, fand spontan eine Stuhlentleerung statt und die Kranke wurde gerettet. King, der Assistent von Lawrence und von Dr. Allen, beschrieb zu gleicher Zeit auch einen Fall. In eben demselben Jahre kam A. Bérard von seiner frühern Meinung über die Operation zurück und gab den Rath, eher die Operation an der innern und obern Partie des Oberschenkels zu wagen, als den Kranken einem gewissen Tode zu überlassen; bei allfälliger Verwundung einer Arterie solle man die Tamponade vornehmen.

Im Jahr 1844 wurde in der Salpêtrière und zwar in der Klinik von Manec ein Fall beobachtet, den Vinson [1] beschreibt. Er betraf eine Frau von circa 70 Jahren, die am neunten Tage starb. Man hatte die Bruchstellen untersucht, aber nur eine undeutliche Geschwulst in der rechten Schenkelbeuge gefunden, ebendaselbst hatte die Kranke über Schmerzen geklagt. Die Leichenöffnung zeigte, dass eine Partie des Ileum im Bruchsacke enthalten war. (Siehe Taf. IV und V.)

Ebenfalls im Jahre 1844 erschien auch die Abhandlung von Vinson, die unzweifelhaft die vollständigste Arbeit über diesen Gegenstand ist, welche bis zu jenem Zeitpunkte in Frankreich erschien. Wie vielfach aus unsern Zeilen selbst entnommen werden konnte, besprach er darin alles, was irgendwie auf die Hernia obturatoria Bezug hatte, das Geschichtliche, die anatomischen Verhältnisse, die pathologischen Veränderungen, die Ursachen, die Symptome, die Prognose und die Behandlung dieses Bruches. Zuletzt fügte er seiner Arbeit alle bis auf ihn (und ihm) bekannten Fälle aus der Litteratur wörtlich bei. Er bereicherte dieselbe mit drei neuen Beobachtungen, der so eben erwähnten von Manec und noch zwei andern, welche er im Spital der Charité zu Paris und zwar in der Klinik von Rayer gesammelt hatte. „Diese zwei Beobachtungen," sagt Vinson selbst am Schlusse seiner geschichtlichen Bemerkungen über die Hernia obturatoria, „dürfen unter die vollständigsten eingereiht werden, welche bis auf diesen Tag gesammelt wurden. Die eine ward im Jahre 1842, die andere ganz kürzlich gemacht. Während des Lebens wurden die Symptome sorgfältig notirt und bei der Leichenöffnung war die Beschaffenheit der Gefässe und der Nerven, der Zustand

des Bruchsackes und der übrigen Theile der Gegenstand eines aufmerksamen Studiums. Diese Beschaffenheit der Theile ist mit Sorgfalt in den nach der Natur aufgenommenen Zeichnungen angegeben, welche ich dieser Abhandlung beilegen zu müssen glaubte." (Siehe Taf. I, II, III, VIII, IX und X unserer Arbeit.)

II.

Es liegt in der Natur der Sache, dass Vinson hauptsächlich die französische Litteratur in seiner Arbeit hervorhob und zusammenstellte. Wir lassen nun hier dasjenige fast wörtlich folgen, was ein deutscher Arzt über das Geschichtliche der Hernia obturatoria sagt, und zwar betrifft es hauptsächlich die neueste Zeit. [1] Hr. Dr. Paul schreibt in seinem Aufsatze:

„Indem wir die frühern statistischen Angaben übergehen, welche man in Rust's Handwörterbuch der Chirurgie oder in dem von Walther, Jäger und Radius finden kann, erwähnen wir nur die neuesten Mittheilungen über diesen so seltenen Gegenstand der chirurgischen Beobachtung. [2] Nachdem Gadermann durch seine Schrift „Ueber den Bruch durch das Hüftbeinloch" (1823) einen Augenblick die Aufmerksamkeit sowohl der Anatomen als besonders der Chirurgen auf diesen Bruch gerichtet hatte, kam die Sache doch bald wieder in's Vergessen. Erst Röser in Bartenstein zog sie wieder an's Licht, indem er 1845 und 1846 zwei dergleichen Fälle veröffentlichte und ihnen 1851 einen neuen (bei einem Manne beobachteten) folgen liess. [3] v. Rottek in

[1] Wie die erste Abtheilung im Auszuge nach Vinson bearbeitet ist, finden wir in dieser zweiten Abtheilung die geschichtlichen Angaben fast wörtlich wieder, wie selbe Dr. Paul (Günsburg's Zeitschrift für klinische Medicin 1853, IV. Bd. 5. Heft, pag. 342) niedergeschrieben hat. Nur die Beobachtungen der jüngsten Zeit allein wurden von uns beigefügt. (Brausky, Cooper, Paul, Löwenhardt, Menschel und Hahn.)

[2] Aus unsern gesammten Angaben über die Geschichte und Litteratur der Hernia obturatoria ist ersichtlich, dass das Vorkommen derselben kein so seltenes ist, wie man vermuthen möchte; auch abgesehen davon, dass manche Fälle einer solchen Hernie vielleicht nicht richtig diagnosticirt wurden und man eine innere Einklemmung oder andere Leiden dafür annahm. Wurde in solchen Fällen die Section nach dem Tode der Kranken dann nicht vorgenommen, so blieb auf diese Weise die eigentliche Ursache des Todes oft verborgen. Abgesehen von diesem also, mögen auch, wie wir wiederholt bemerkten, in früherer und späterer Zeit manche Fälle einer Hernia obturatoria beobachtet worden sein, die aber nicht durch Beschreibungen der Oeffentlichkeit übergeben worden sind.

[3] Von diesen Beobachtungen ist aber noch jene von Hahn in Stuttgart anzuführen, welche Hrn. Paul

[1] Auf pag. 121 seiner Abhandlung. Die Krankengeschichte ward ihm von Hrn. Manec mitgetheilt. (Siehe auf Taf. IV und V unserer Arbeit.)

Freiburg wurde dadurch veranlasst, einen weitern Fall bekannt zu machen. Eine der wichtigsten Mittheilungen aber übergab 1847 Romberg an Dieffenbach, der sie seiner operativen Chirurgie als „ein kostbares Geschenk für die Chirurgie" und als „die schönste Zierde dieses Buches" einverleibte; ich meine die diagnostisch so überaus wichtige Beobachtung der Sympathie des Nervus obturatorius. Darauf folgten (1848) drei sehr genau (besonders der erste) beschriebene und anatomisch untersuchte Fälle von Blazina in Prag, von denen zwei nicht diagnosticirt mit Einklemmung tödtlich verlaufen waren, der dritte aber zufällig bei einer Leiche gefunden wurde mit dem seltenen Inhalt des rechten Ovarium's und der entsprechenden Fallopischen Röhre. Alle drei Fälle betrafen alte Frauen. [1] Es folgte darauf der Fall von Hewett (1850), der ebenso, wie der v. Rottek'sche Fall, mit einem erfolglosen Operationsversuche verbunden war, ohne dass die Hernia foraminis ovalis vorher diagnosticirt worden. Gleicherweise wurde die Operation bei einer 52jährigen Frau von Henry Obré, [2] aber diesmal mit Erfolg gemacht."

„Ferner theilte Stanley (1850) einen Fall von incarcerirter Hernia obturatoria, dem meinigen [3] in anatomischer Hinsicht ganz ähnlich, mit, der nicht erkannt wurde und tödtlich endete, nachdem vorher ein gleichzeitig vorhandener Crural-Netzbruch operirt worden war."

---

nicht bekannt gewesen zu sein scheint. Der Fall betraf eine Frau von 50 Jahren, welche nebst einer Hernia obturatoria dextra mit einem Schenkelbruch auf der gleichen Seite und einem Leistenbruch der linken Seite behaftet war. Die Frau hatte früher mehrmals Anfälle der Einklemmung der Hernia obturatoria, welche zuerst nach einer Reposition des Crural-bruches entdeckt worden war. Sie starb 1838 in Folge eines organischen Herzleidens und bei der Section fand man ausser einem Leistenbruche der linken Seite, der nie eingeklemmt worden war, rechtsseits wirklich einen Schenkelbruch mit einer vorgefallenen Darmschlinge und eine Cystocele Foraminis ovalis dextri. (Würtembergisches Correspondenz - Blatt, Band VIII, Nr. 45. Schmidt's Jahrbücher der Medicin. Bd. XXVII, Jahrg. 1840, pag. 328.)

[1] Prager Vierteljahrsschrift. 5. Jahrg. 1. Heft, 1848. Auch in diesem Aufsatze ist, nebst andern sehr lesenswerthen Gedanken, die Angabe der ältern und neuern Litteratur enthalten. Wir verweisen um so mehr darauf, da uns leider nicht sämmtliche Litteratur zu Gebote stund und wir vielleicht die einte oder andere der ältern oder neuern Beschreibungen von Fällen der Hernia obturatoria oder Abhandlungen über diesen Gegenstand nicht angeführt haben möchten.

[2] Hr. Dr. Paul schrieb »Orbé«, in den Schmidtschen Jahrbüchern, Bd. 76, Jahrgang 1853. 1. Heft glaube ich »Obré« gelesen zu haben. (Vide oben pag. 37 Anmerk. 6 und die Litteraturangaben.)

[3] d. h. einen dem von Hrn. Dr. Paul beobachteten ähnlichen Fall.

„Heyfelder endlich veröffentlichte (1851) einen mit Glück unter Chloroformnarkose reponirten Fall einer diagnosticirten Hernia obturatoria. Die Neuralgie hatte hier hauptsächlich nach der Regio hypogastrica hin ihren Sitz."

Diesen geschichtlichen Notizen von Hrn. Dr. Paul habe ich noch kurz folgendes beizufügen, welche die jüngste Zeit betreffen:

Im Jahr 1852 erschien in Henle und Pfeufer's Zeitschrift für rationelle Medicin mein Aufsatz, der sich hauptsächlich mit der anatomischen Untersuchung der Regio obturatoria befasste. Eine Beobachtung einer Hernia obturatoria incarcerata von Dr. A. Schmidt von Frankfurt am Main ist demselben beigedruckt. Dieser Fall betraf eine 48jährige Frau und endete mit derem Tode; ein auf der gleichen Seite bestandener Cruralbruch hatte vorher reponirt werden können, die Hernia obturatoria jedoch war während des Lebens nicht diagnosticirt worden.

Im darauf folgenden Jahre (1853) beobachtete Bransky Cooper eine Hernia obturatoria bei einer Frau von 49 Jahren. Er vermuthete bei ihr eine Schenkelhernie, fand aber nach einem gemachten Einschnitte diese nicht, dagegen aber eine Hernia obturatoria, die er glücklich reponiren konnte. [1]

Ebenso schrieb Hr. Dr. Paul in Breslau (1853) einen grössern Aufsatz über die Hernia obturatoria, deren Litteratur er zugleich mit zwei neuen Fällen bereicherte. Er diagnosticirte einen solchen Bruch bei einer 66jährigen Frau und wollte nach vergeblich gemachten Taxisversuchen die Operation vornehmen, allein selbe ward verweigert und die Kranke starb. Der Sectionsbefund ist von Hrn. Dr. Paul sehr genau beschrieben worden. Sein zweiter Fall betrifft eine Mittheilung des Wundarztes Jahn aus Fürstenau vom Jahre 1821. Die Einklemmung dauerte hier volle 12 Tage; bei der Section der 44jährigen Frau zeigte sich eine Hernia obturatoria sinistra; auch diesmal war eine Complication mit einem gleichseitigen Cruralbruche vorhanden; die Ursache des Todes aber lag in der eingeklemmten, jedoch nicht diagnosticirt gewesenen Hernia obturatoria.

Nach Beschreibung dieser beiden Fälle bespricht Hr. Dr. Paul das Historische über den genannten Bruch, dann die anatomischen Verhältnisse (bei denen er unserm frühern Aufsatze folgt), hierauf die pathologischen Erscheinungen, die Diagnose, die Therapie, und zwar (des Bruchbandes that er keine Erwähnung) zuerst die Taxis und dann die Operation,

---

[1] Siehe oben pag. 35.

deren Vornahme er angelegentlichst empfohlen hat. [1]

Hr. Dr. Löwenhardt in Prenzlau beobachtete im Jahre 1854 eine Hernia obturatoria incarcerata sinistra in Complication mit einem rechtseitigen Schenkelbruche, welch' letzterer jedoch leicht reponirt werden konnte, die erstere hingegen führte den Tod der Kranken herbei. Hr. Dr. Löwenhardt beschreibt die Resultate der vorgenommenen Leichenöffnung und der an der Leiche versuchten Operation der Hernia obturatoria. [1]

Endlich ist noch der ebenfalls 1854 erschienenen Mittheilung des Wundarztes Menschel [2] zu erwähnen, laut welcher er bei einem Manne von mittlerm Alter eine doppeltfaustgrosse linkseitige Hernia obturatoria reponirt zu haben angiebt.

---

[1] Siehe oben pag. 36 und 37.

[1] Siehe auf pag. 36 und 39.

[2] Siehe oben pag. 28.

Litteratur.

I. [1]

Garengeot, Mémoire sur plusieurs hernies singulières. (Mémoires de l'Acad. roy. de Chirurg. T. I, pag. 709 und folg.)

Reneaume de la Garenne, Discours pour l'ouverture de l'Ecole de chirurgie, avec une thèse paraphrasée sous ce titre: Essai d'un traité des hernies nommées descentes; Paris 1726. (Erwähnt der Hernia obturatoria nur, um deren Vorkommen in Zweifel zu ziehen.)

Günz, Observationum anatomico-chirurgicarum de herniis libellus, pag. 76, Leipzig 1744.

Vogel, Zacharias; Von den Brüchen 1746, pag. 24. — Abhandlung aller Arten der Brüche, Glogau 1769, pag. 204 und folg.

Heister, Institutiones chirurgicæ 1750. In's Französische übersetzt von Paul. T. II, pag. 209. Avignon.

Camper, Demonstrat. anatomico-pathologic. lib. II, pag. 17 et Tab. 1 et 2. Amsterdam, 1760.

Klinkosch, Jos. Thad., Dissertationes medicæ selectiores Pragenses, quas colligit et edidit, 8. 1. — Divisio herniarum novaque ventralis herniæ species, pag. 184 et 185. Prag und Dresden, 1765 und 1775.

Eschenbach, Observata quædam anatomico-chirurg. medica rariora. Observat. 33, pag. 265. Rostok, 1769.

Heuermann, Abhandlungen von den vornehmsten chirurg. Operationen etc. T. I, pag. 578. Copenhagen und Leipzig, 1778.

Richter, D. A. G., Abhandlung von den Brüchen. Göttingen 1785, pag. 790 und folg. In das Französische übersetzt von J. C. Rougemont, 1788. ch. 43, pag. 296.

Lentin, Beiträge zur ausübenden Arzneikunde, §. 41. Leipzig, 1804.

Cooper (Astley), The anatomy and surgical treatment of crural and umbilical hernia etc. London, 1807. — Dessen Oeuvres chirurgicales, in's Französische übersetzt von Chaissaignac et Richelot, pag. 369. Paris, 1835.

Richerand, Nosographie chirurgicale, 2e édition, T. III, pag. 406. art. Hernies. Paris, 1808.

Lassus, Pathologie chirurgicale, nouvelle édition, T. II, pag. 104 und 105. Paris, 1809.

Lawrence, A., Treatise on ruptures, chap. 29, 2. Ausgabe 1810. — Abhandlung von den Brüchen etc. Aus dem Englischen von Gerhard von dem Busch. Bremen, 1818. pag. 664.

Hesselbach, Neueste anat. pathol. Untersuchung etc. 1812, 1814.

Cloquet (Hipp.), Bulletin de la Faculté et de la Société de médecine, 1812. Nr. 81, pag. 194. — Journal de méd. par. Corvisart. T. XXV, pag. 194. 18.

Meckel, Patholog. Anatom. Bd. II. Abtheil. 1. pag. 449. Leipzig, 1812—1818.

Buhle, de Hernia obturatoria. Halle, 1819.

Sabatier, Médecine opératoire, nouvelle édition, faite sous les yeux de M. le baron Dupuytren par L. J. Sanson et L. J. Bégin. T. III, pag. 638—642. Paris, 1832.

Jalade-Lafond, Considérations sur les hernies abdominales. Erste Abtheilung pag. 317. Paris, 1822.

Sanson, L. J. (Diction. de médecine et de chirurgie en 15 vol.) T. IX, pag. 607. art. Hernie ovalaire. [1]

Boyer, Traité des maladies chirurg. T. VIII. Paris, 1822.

Gadermann, Ueber den Bruch durch das Hüftbeinloch etc. Landshut, 1823.

Cooper (Samuel), Diction. de chirurg. pratique. T. I, pag. 639. Trad. franç. Paris, 1826.

---

[1] Diese erste Abtheilung ist grösstentheils der Schrift von Vinson entnommen.

---

[1] Die drei letztgenannten Autoren besprechen einen Fall von einer Hernia obturatoria, den Dupuytren im Jahre 1822 an einem Lebenden diagnosticirte. Er betraf einen 45jährigen Mann, bei welchem das im Bruch enthaltene Eingeweide mit Leichtigkeit aus und wieder zurück trat. Dupuytren suchte dasselbe mit einem Verbande zurückzuhalten. (Siehe pag. 28 u. 32.)

Auf pag. 324 seines Werkes citirt Jalade-Lafond überdiess noch Jden von Martini gegebenen Rath, bei einer Hernia obturatoria zur Hebung der Einklemmung den Bauchschnitt zu machen. (Siehe oben pag. 41, Anmerk. 3 und pag. 37, Anmerk. 7.)

Nückel, Salzburg. med. chirurg. Zeitung, pag. 247, 1826.

Maréchal, Hernie du trou ovalaire (Journal des progrès des sciencess et des institutions médicales) T. X, pag. 245, Jahrgang 1828.

Smith, Jos. A., Case of hernia by the foramen ovale. (The lancet for august 1830.)

Cloquet (Jules), thèse de concours pour la chaire de pathologie externe, Taf. V, pag. 107. Paris, 1831. (Cloquet beschreibt hier einen schon im Jahre 1816 an einer weiblichen Leiche beobachteten Fall.)

Cruveilhier, Anatom. patholog. in fol. Pl. VI, 15e livrais. pag. 1. und 2. Paris, 1832.

Rust, Handbuch der Chirurgie, T. VIII, pag. 558. Berlin und Wien, 1832. (Auf pag. 170 wird das Bruchband für die Hernia obturatoria besprochen.)

M. W..., chirurgien, Gazette médicale de Paris, année 1833, pag. 577. (Diese enthält einen Auszug aus dem Heft vom 3. Juli 1833 des London medical and physical journal.)

Demeaux, Bulletins de la Société anatomique Nr. 20, année 1839.

Velpeau, Elements de médecine opératoire. T. IV, pag. 242. Paris, 1839.

Cruveilhier, Bulletins de la Société anatomique. Juillet 1839, bulletin Nr. 5, pag. 134.

Bouvier, Revue médicale franç. et étrang. T. II, pag. 3, année 1840.

Fiaux, Bulletins de la société anatomique 1840. Nr. 7 und 8. pag. 216.

Wetherfield, Hernia of the obturator foramen. (The lancet for april 1840, pag. 59.)

Frantz, Case of strangulated hernia through the foramen thyroideum. (British and foreign medical review ou quarterly journal of pratical medicine and surgery. London, Oct. 1842. pag. 556, Nr. 28.)

King, Hernia of the obturator foramen. (London medical gazette, new series. Vol. I, for the session 1842—43, pag. 409.)

Bérard (Auguste), art. Pubis, Dictionnaire de médecine en 30 vol. T. XXVI, pag. 331—336. 2e édit. 1842.

II.

Hesselbach, Die Lehre von den Eingeweidebrüchen. Würzburg, 1829 und 1830. T. I, pag. 226. T. II, pag. 194.

Hahn, Würtemberg. Correspond.-Blatt. Bd. VIII. Nr. 45. — Schmidt's Jahrbücher der Medicin. Bd. XXVII. Jahrg. 1840. pag. 328.

Walter, Jäger und *Radius*, Handwörterbuch der Chirurgie. Bd. III, pag. 602. Leipzig 1840—1846.

Vinson, De la hernie sous-pubienne (hernie obturatrice), thèse pour le doctorat en médecine. Paris, 1844. (Seinem Lehrer Rayer gewidmet.)

Röser, Jahrbücher für praktische Heilkunde. Tübingen, 1845. Nr. IV, pag. 549. (Erste Beobachtung.) — Archiv für physiologische Heilkunde. 5. Jahrg. 3. Heft, 1846. (Zweite Beobachtung.) — In der gleichen Zeitschrift 10. Jahrg. 1. Heft, 1851, pag. 142. (Dritte Beobachtung.)

Romberg, in Diefenbach's operativer Chirurgie. Leipzig, 1848, pag. 621.

Blazina, Prager Vierteljahrsschrift, 5. Jahrg. 1. Heft, 1848, pag. 124. [1]

Hewett, The lancet, 1847. Jan. Febr. Mars. — Gazette médicale de Paris 1848, pag. 71.

Stanley, Lancet, 1850, 10. Mai.

Chassaignac, in dem Bericht aus der Société de chirurgie. Gaz. des Hôp. Nr. 84. 1851. [2]

[1] In diesem Aufsatze findet sich ebenfalls eine Aufzählung der ältern und neuern Litteratur. Vergleiche pag. 44, Anmerk. 1.

[2] Wir wurden nachträglich durch die Lectüre von Canstatt's Jahresbericht über die Fortschritte der gesammten Medicin im Jahre 1853 auf diesen Fall aufmerksam gemacht. Hr. Prof. Bardeleben erwähnt daselbst (IV. Bd. pag. 88) im Berichte über die Leistungen im Gebiete der mechanischen Krankheiten dieses fraglichen Falles von Chassaignac, der sich schon im gleichen Jahresbericht für 1851 (IV. Bd. pag. 56) angeführt findet.

Auf Seite 12 dieses Schriftchens bemerkten wir, dass die Zahl der bekannt gewordenen Fälle einer Hernia obturatoria auf 52 sich belaufe, derjenige von Chassaignac ist daselbst noch nicht mitgerechnet, und damit der letztere mit den übrigen nöthigenfalls verglichen werden kann, führen wir alles in dem erwähnten Jahresberichte (l. c.) darüber gesagte hier wörtlich an:

»Chassaignac fand bei einer an Einklemmungserscheinungen leidenden Frau 2 *Schenkelbrüche*, beide unbeweglich; Tags darauf wurde sie von der Cholera ergriffen und hingerafft. Bei der Section fand man, dass auch noch die *Hernia obturatoria dextra* bestand, in welcher eine Darmschlinge mässig fest eingeklemmt sass. Gefässe und Nerven lagen auf der äussern Seite des Bruchsackes; der äussere (obere oder vordere) Rand (siehe pag. 4 dieser Schrift) des Obturator externus bedeckte ihn nur zum Theil, so dass nach Entfernung des Pectineus am obern (vordern) Rande des Obturat. externus der halbkugelige Grund des Bruchsackes zum Theil sichtbar wurde. In dem linken Schenkelbruche lag eine grosse Darmschlinge, ohne Adhäsionen, nur wegen des Missverhältnisses zwischen ihr und dem Bruchsackhalse unbeweglich. Das straff gespannte Mesenterium dieser Darmschlinge hatte endlich noch die Veranlassung zu einer *innern Einklemmung* gegeben. Wegen der Schwierigkeiten des Durchganges durch das im Bruch liegende Darmstück hatte sich das zunächst über dieser Stelle liegende Darmstück, unter dem Drucke der andrängenden Fæcalmassen, sehr stark ausgedehnt, und war durch seine eigene Schwere von der linken Seite des straff gespannten Mesenterium auf die rechte hinüber und in das kleine Becken hinabgefallen, wodurch jegliche Communication

v. Rottek, Archiv für physiolog. Heilkunde. Tübingen, 10. Jahrgang, 1851. pag. 149.

Heyfelder, Deutsche Klinik, Nr. 48, 1851. pag. 520. (Er reponirte mit Glück einen als Hernia obturatoria diaguosticirten Bruch unter Anwendung der Chloroformnarkose.)

Obré, of Proceedings of the Royal med. Society 24. Juni 1851.[1] — London med. Gazette 1850 den 30. Juni. — Froriep, Tagesberichte, 1852. Nr. 611. — Med. chirurg. Transact. Vol. XXXIV. — Schmidt's Jahrbücher der Medicin. Bd. 76. 1853. Nr. 1.

---

nach unten vollkommen unmöglich wurde. G o s s e l i n bemerkt bei dieser Gelegenheit, dass die Combination von Cholera mit eingeklemmten Brüchen nicht so ganz selten sei.«

[1] Prof. B a r d e l e b e n bemerkt im C a n n s t a t t'schen Jahresbericht für Medicin für 1853 (IV. Bd. pag. 88), dass der glückliche Operateur des einzigen Falles einer gelungenen Operation der Hernia obturatoria nicht H e n r y O b r é, sondern H. O r b é heisse. (Siehe oben pag. 44, Anmerk. 2 u. pag. 37, Anmerk. 6.) B a r d e l e b e n hatte im erwähnten Jahresbericht für 1852 (IV. Bd. pag. 92) O b r é geschrieben.

Fischer, Zeitschrift für rationelle Medicin von Henle und Pfeufer. Neue Folge. Bd. II. Hft. 3. pag. 246. 1852.

Cooper (Bransky), Schmidt's Jahrbücher der Medicin. Bd. 80. Jahrg. 1853. Nr. 12, pag. 442.[1]

Paul, Zeitschrift für klinische Medicin, von Dr. F. Günsburg. Breslau 1853. Bd. IV. Heft 5. pag. 337.

Löwenhardt, deutsche Klinik, Nr. 22. 1854. 3. Juni.

Menschel, Hernia foraminis ovalis. Medicinische Zeitung. Herausgegeben von dem Vereine für Heilkunde in Preussen. 1854. 25. (Diese kleine Mittheilung vom Kreiswundarzte Menschel in Lublinitz ist „Aus den Sanitätsberichten des Regierungsbezirks Oppeln" entnommen und von „Eitner" unterschrieben.)

[1] Daselbst glaube ich »Bransky Cooper« gelesen zu haben. In C a n n s t a t t's Jahresbericht für 1853, pag. 88 schrieb Hr. Prof. B a r d e l e b e n, wenn ich nicht irre, « Branshy Cooper ».

Erklärung der Abbildungen.

Tafel I.

Fall einer Hernia obturatoria dextra bei einem 68jährigen Weibe, beobachtet in der Klinik des Hrn. Rayer im Spital dèr Charité zu Paris.

Der Bruchsack liegt in der Tiefe der Muskeln an der innern und obern Partie des Oberschenkels.

I. Os ilei.

S. Symphysis ossium pubis.

J. Femur.

C.C. Der Musculus pectineus, durch zwei Haken in die Höhe gehoben, damit man die Hernie besser sehe.

F. Musculus adductor longus (moyen adducteur nach Vinson).

H. Musc. adductor brevis.

G. Musc. adductor magnus.

A.A. Aeste des Nervus obturatorius in den Musc. pectineus eintretend.

B.B. Zellgewebige Streifen oder Verwachsungen zwischen der äussern Oberfläche des Bruchsackes und den ihn umgebenden Muskeln (Muskelscheiden) des Pectineus und des Adductor brevis.

B'. Anhang von Fettzellgewebe aussen am Ende (Fundus) des Bruchsackes mit dem obern Rande des Adductor brevis verwachsen.

E. Der geöffnete Bruchsack; man sieht in demselben eine Partie des Dünndarms. *(D.)*

Tafel II.

Diese Tafel zeigt die Beziehungen des Bruchsackhalses (der in Tafel I gezeichneten Hernie) mit den Gefässen und dem Nervus obturatorius. Ein Theil vom horizontalen Aste des Schambeins ist weggenommen.

I. Os ilei.

S. Symphysis ossium pubis.

J. Femur.

G.G. Der umgeschlagene und durchschnittene, von seiner obern Insertion abgelöste Musculus pectineus.

O. Der Musc. obturat. extern. auf dessen vorderer Oberfläche (oberm oder vorderm Rande) der Bruchsack (*E.*) gelegen war.

B. Die Arteria obturatoria, welche sich in mehrere Aeste theilt, von denen einer *(B'.)* in den Musc. obtur. extern. geht; ein anderer Ast *(C.)*, der kleinste, würde beim Débridement *nach innen und unten* zerschnitten worden sein.

A.A.A. Verzweigungen des Nerv. obturatorius.

Tafel III.

Diese Tafel stellt die auf der Tafel I und II gezeichnete Hernia obturatoria von der Innenseite des Beckens dar. Man sieht das untere und obere Ende der Darmschlinge, welche sich in den Canalis obturatorius eingebettet hat, ebenso das Verhalten der Arteria und der Vena obturatoria und des gleichnamigen Nerven.

I. Os ilei.

S. Symphysis ossium pubis.

G. Oberes ausgedehntes Ende des Ileum.

F. Unteres, weniger voluminöses Ende desselben.

E. Arteria obturatoria, in zwei Aeste sich vertheilend, welche bei ihrer Bifurcation den Bruchsackhals umfassen. Der innere Ast ist voluminöser als der äussere.

D. Vena obturatoria, in zwei Zweige sich theilend, welche mit dem Bruchsackhalse die gleichen Verhältnisse wie die Arteria eingehen.

C. Nervus obturatorius an der äussern Partie (nach aussen) vom Bruchsackhalse gelegen.

A. Die Aponeurose des Beckens, bekannt unter dem Namen Fascia pelvia.

B. Das abgezogene (losgetrennte) Peritonæum, um die Gefässe und den Nerv. obtur. und die Fascia pelvia besser wahrnehmen zu können. Ein Theil des Peritonæum ist auf das untere Ende des Darmes zurückgelegt.

Tafel IV.

Fall einer Hernia obturatoria dextra bei einem circa 70jährigen Weibe, beobachtet von

7

Hrn. Manec in der Salpêtrière zu Paris. Die Originalzeichnungen wurden von Hrn. Manec dem Hrn. Vinson mitgetheilt.
S. Symphysis ossium pubis.
P. Schambein.
I. Sitzbein.
C. Der kleine und birnförmige Bruchsack, hinter dem Musc. obturat. extern. *(O.)* gelegen.
Die Hüftgelenkkapsel ist an ihrer innern Partie geöffnet und der Gelenkkopf des Femur *(T.)* liegt blos.
F. Femur.

Tafel V.

Diese Tafel stellt die übrigen Einzelheiten des auf Tafel IV abgebildeten Falles dar.

Fig. 1. Das Darmstück, welches die Hernia obturatoria gebildet hatte.
I. Der Theil des Ileum, welcher im Bruchsack gelegen war.
S. Oberes Ende des Darmes.
P. Unteres Ende desselben.
M. Mesenterium.

Fig. 2. Innere Oberfläche des Beckens.
A. Os ilei in seinem mittlern Theile *(I.)* durchgesägt.
S. Symphysis ossium pubis.
P. Ramus horizontalis des Schambeins, theilweise durch eine Partie des Peritonæum bedeckt.
C. Eine Portion des Peritonæum, jener Partie desselben, welche zur Bildung des Bruchsackes gedient hat, zunächst gelegen.
B. Lumen des Bruchsackhalses.
O. Musc. obtur. internus.

Tafel VI.

Fall einer Hernia obturatoria dextra bei einem circa 80jährigen Weibe, beobachtet von Cruveilhier in der Salpêtrière zu Paris. (Vergleiche dessen Anatomie pathologique; livraison XV. pl. VI, welchem Werke diese zwei Abbildungen der Tafel VI entnommen sind.)

Fig. 1. Diese Abbildung stellt den Durchtritt des Eingeweides durch den Canalis obturat. und dessen Einklemmung in diesem Kanale dar.
S. Der geöffnete Bruchsack.
P.B. Der Ramus horizontalis des Schambeins.
S.P. Symphysis ossium pubis.
T.O. Das Foramen ovale verschlossen durch die Membrana obturatoria (interna).
C.C. Hüftgelenkpfanne.

N.V. Nervus und vasa obturatoria an der äussern Seite des Bruchsackes gelegen.
I. Os ischii.
I.G.S. Oberes Ende des vorgefallenen Dünndarms.
I.G.I. Unteres Ende desselben.
M. Mesenterium.

Fig. 2. Diese Abbildung stellt das Eingeweide dar, welches den Bruch bildete.
E.E.E. Der Theil des Ileum, welcher im Bruchsacke enthalten und eingeklemmt war.
I.G.S. Oberes Ende des Dünndarms.
I.G.I. Unteres Ende desselben.
M. Mesenterium.

Tafel VII.

Fall einer Hernia obturat. sinist. bei einem sehr abgemagerten circa 50jährigen Weibe; er wurde beobachtet von Jul. Cloquet. (Siehe dessen Pathologie chirurgicale, thèse présentée le 20 Mars 1831 au concours pour la chaire de pathologie externe pag. 107. Pl. V. Fig. 1, 2, 3, 4, 5, 6.) Die Abbildungen der Taf. VII finden sich im Original ebendaselbst.

Fig. 1. Sie stellt die Lage der Bruchgeschwulst in der untern Inguinalgegend (Regio subinguinalis) dar.
Nr. 1. 1. Linke Seite der vordern Bauchwand. 2. Os pubis sinistrum. 3. Plica inguinalis. 4. Innere Seite des Oberschenkels. 5. Aeussere Seite desselben. 6. Punktirte Linie, welche die Stelle der Bruchgeschwulst in der Regio subinguinalis anzeigt.

Fig. 2. Sie stellt die gleiche Object dar. Die Haut, die Fascia superficialis und die innere und vordere Partie der Oberschenkelbinde (Fascia lata) sind weggenommen.
Nr. 1. Ein Theil der Aponeurose des Musc. obliquus abdominis externus (Musc. oblique descendens) an der vordern Bauchwand. 2. Schenkelbogen (Arcus cruralis [1]). 3. Annulus inguinalis. 4. Ein Theil des Ligamentum uteri rotundum. 5. Aeussere und vordere Partie der Schenkelbinde. 6. Die Vena saphena magna durch eine Oeffnung der Schenkelfascie durchtretend, um in die Vena cruralis einzumünden. 7. 7. Verzweigung der vorgenannten Vene. 8. Ein Theil des Musc. gracilis s. rectus internus femoris. 9. Ein Theil des Musc. adductor longus (moyen adducteur, nach Vinson). 10. Der Musc. pectineus, sowie der Adductor longus durch die Bruchgeschwulst empor gehoben.

---

[1] Dieser ist leider undeutlich genug dargestellt.

Fig. 3. Stellt das vorgenannte Object dar; die Vena saphena und die Schenkelfascie sind weggenommen. Der Musc. pectineus ist mit den Femoralgefässen nach aussen und der Musc. adductor longus nach innen umgeschlagen, um die Bruchgeschwulst bloszulegen und um ihren Austritt durch Beiseiteschiebung (écartement) der Fasern des Musc. adductor brevis sehen zu können.

Nr. 1. Ein Theil der Aponeurose des Musc. oblique descendens abdominis. 2. Arcus cruralis. 3. Annulus inguinalis. 4. Ein Theil des Ligament. uteri rotund. 5. Innere Partie des Oberschenkels. 6. Aeussere Partie desselben. 7. Musc. pectineus, aufgehoben und nach aussen umgelegt. 8. Musc. adductor longus, aufgehoben und nach innen umgelegt. 9. 9. Musc. adductor brevis, dessen Fasern durch die Bruchgeschwulst bei Seite gedrängt sind. 10. Stelle, wo die Fasern des Adductor brevis aufhören seitwärts zu gehen. 11. Obere und 12. Untere Partie der Bruchgeschwulst. 13. Ein Zweig der Art. obturat. mit der Geschwulst sich kreuzend, um sich 14. an der innern Fläche des Musc. pectineus zu verlieren. 15. Arteria und Vena femoralis, nach aussen gelegt.

Fig. 4. Stellt die zwei Enden der Darmschlinge dar, welche sich durch den Canalis obturatorius vorlagerten. Das Peritonæum ist an der innern Oberfläche der Bauchwand angeheftet. Man lässt jenen Theil des Epiploon, welcher die Hernie mitbilden half, weggenommen, um die zwei Enden des eingeklemmten Darmes deutlich sehen zu können.

Nr. 1. 1. Eine Partie des Peritonæum. 2. Ein Theil des Musc. rect. abdominis der linken Seite. 3. Os pubis sinistrum. 4. Das Peritonæum durch das Ligament. (den Strang) der linken Art. umbilicalis emporgehoben. (Plica vesico-umbilicalis lateralis) 5. Ligamentum uteri rotundum zum Durchtritte in den Canalis inguinalis das Peritonæum emporhebend. 6. Punktirte Linie, den Verlauf der Art. epigastrica unter dem Peritonæum anzeigend. 7. Bruchsackhals, nach der Oeffnung des Canalis obturatorius geformt. Durch den obern Theil der Oeffnung half das Epiploon die Hernie mitbilden. 8. Oberes Ende und 9. Unteres Ende der eingeklemmten Darmschlinge. 10. Die zwei kleinen Oeffnungen, durch welche Fæcalmaterie sich in die Unterleibshöhle ergossen hatte. 11. Eine Partie des Mesenterium, welches die Darmschlinge trägt.

Fig. 5. Stellt den oben beschriebenen Bruchsack dar, von den Weichtheilen, welche ihn umgaben, befreit.

Nr. 1. Oberes Ende. 2. Unteres Ende und 3. die mittlere Verengerung der Bruchgeschwulst. 4. Ein Zweig der Art. obturatoria, welcher allmählig von hinten nach innen und vornen an der Bruchgeschwulst vorbeiging. 5. Eine kleine Partie der Membrana obturat. (intern.).

Fig. 6. Sie stellt die vorige Bruchgeschwulst geöffnet dar.

Nr. 1. Innere Oberfläche des Bruchsackes. 2. Unterer Theil des Bruchsackes, welcher nicht geöffnet wurde. 3. Jene Partie des Epiploon, welche in der Bruchgeschwulst enthalten war; sie ist aufgehoben, um 4. die hinter ihr gelegene Darmschlinge sehen zu können.

Tafel VIII.

Fall einer Hernia obturatoria dextra bei einem 61 Jahre alten Weibe, beobachtet in der Klinik des Hrn. Rayer im Spital der Charité zu Paris und beschrieben von Vinson.

I. Os ilei.

S. Symphysis ossium pubis.

L. Insertion des Musc. rectus cruris. (Der lange Kopf des Musc. extensor cruris quadriceps.)

F. Os femoris.

Der Bruchsack von der Grösse eines Eies ist durch zwei kleine nierenförmige Fettmassen *(D.D.)* bedeckt. Eine kleine Partie von (subperitonæalem) Fettzellgewebe *(C.)* ist an der vordern Oberfläche des Sackes adhärirend.

N. Der Nervus obturatorius, der sich wie ein Band am äussern Umfange des Bruchsackes ausbreitet.

A. Arteria obturatoria.

V. Vena obturatoria.

O. Musc. obturat. externus, eine Art Band nach vornen von dem Bruchsacke darstellend.

M. Eine beträchtliche Zellgewebsmasse, welche den Musc. obtur. extern. von Musc. adductor brevis *(P.)* trennt.

G. Musculus adductor longus (muscle moyen adducteur, nach Vinson).

Tafel IX.

Sie stellt den gleichen Fall dar wie die vorige Tafel. Das Becken jedoch von der innern Seite her betrachtet.

B. Symphysis ossium pubis.

S. Os sacrum.

C. Os ilei.

I. Unteres Ende des Ileum.

G. Oberes Ende desselben.

P.P. Peritonæum.

A. Arteria obturatoria, (die in diesem Falle aus der Art. epigastrica ihren Ursprung genommen hatte).
V. Vena obturatoria.
N. Nervus obturatorius.
E. Vena iliaca interna s. hypogastrica.
F. Art. iliaca interna s. hypogastrica. (Veine et Artère iliaque primitive, nach Vinson.)
T. Tuba Falloppii.
O. Ovarium.
D.D. Musculus ilio-psoas.

Tafel X.

Diese Tafel enthält das gleiche Object, wie Tafel VIII, aber in seinen einzelnen Theilen untersucht.

Fig. 1. Umriss jener Portion des Ileum, welche in den Canalis obturatorius eingetreten war. Das obere Ende ist erweitert.
I. Unteres Darmende.
S. Oberes Darmende.
E. Der Theil des Darmes, welcher in dem Bruchsacke enthalten war. Er war aufgeschwollen und gespannt (tendue) und man hatte etwelche Mühe, um ihn aus dem Canalis obturatorius freizumachen.

Fig. 2. Der geöffnete und vom Eingeweide befreite Bruchsack.
P. Symphysis ossium pubis.
C. Ramus horizontalis ossis pubis.
S. Der geöffnete Bruchsack. Er ist in dieser Lage durch einen Haken festgehalten, welcher ihn nach innen anspannt, und durch eine Heftnadel, welche ihn nach oben hält. Daselbst nimmt man ausserhalb des Sackes eine kleine Masse von Zellgewebe wahr und ferner eine Vene *(V.)*, welche durch den Canalis obturatorius austritt.
G. Eine kleine Masse eines röthlichen Fettes.
N. Der Nerve, welcher den Bruchsack umschlang (brider), ist durch einen zweiten Haken angezogen.
O. Musc. obtur. externus.
M. Musc. adductor longus. Mehr nach innen gegen die Symphysis ossium pubis sieht man die Insertion des Musc. adductor magnus.

Fig. 3. Innere Oeffnung des Canalis obturatorius noch mit jener Partie des Peritonæum umkleidet, welche den Bruchsack bildete.
C. Ramus horizontalis ossis pubis.
P. Ein Theil des Peritonæum. Es war um die Oeffnung des Canalis obturatorius herum

stark gefaltet und gerunzelt; diese Falten gingen ziemlich weit in Strahlen aus.
A. Arteria obturatoria.
V. Vena obturatoria.
N. Nervus obturatorius.

Tafel XI.

Sie stellt die Form des Canalis obturatorius dar, durch welchen die Hernia obturatoria sich bildet.

Fig. 1. *A.* Tiefgelegenes Muskelstratum des Musc. obturator extern.
O. Oberflächliches Muskelbündel (vordere [obere] Portion) desselben Muskels.
B. Innere Oeffnung des Canalis obturatorius. Der vordere [obere] Rand des Musc. obtur. extern. ist durch einen Haken herabgezogen. Eine punktirte Linie bezeichnet die Richtung, die der genannte Rand des Musc. obtur. extern. im natürlichen Zustande einnimmt. (Vergleiche mit dieser die folgende Tafel, wo die anatomischen Verhältnisse naturgetreuer und deutlicher angegeben sind.)
S. Symphysis ossium pubis.
P. Schambein.
C. Hüftgelenkpfanne.
I. Sitzbein.

Fig. 2. Innere Oeffnung des Canalis obturatorius der rechten Seite.
E.P. Ramus horizontalis ossis pubis.
O. Musc. obturat. intern.
A.D. Sehnenfasern um die innere Oeffnung des Canalis obturatorius herum. (Crus tendineum annuli obturatorii.)

Fig. 3. Innere Oeffnung des Canalis obtur. der linken Seite bei einem andern Individuum. (Die Figuren 2 und 3 zeigen, wie diese Oeffnung in ihrer Form und Grösse Verschiedenheiten darbieten kann.)
A. Ramus horizontalis ossis pubis.
D.C. Horizontaler Durchmesser der innern Oeffnung des Canalis obturatorius.
O. Musc. obtur. intern.
E. Sehnenfasern, welche die innere Oeffnung des Canalis obtur. mitbilden helfen.

Fig. 4. Diese Figur stellt ein bemerkenswerthes Beispiel eines Infundibulum (vorgebildeten Bruchsackes) dar, welches vom Peritonæum in dem Lumen des Canalis obtur. gebildet wird.
S. Symphysis ossium pubis.
B. Ramus horizontalis ossis pubis.
A. Innere Oeffnung des Infundibulum.

P.P. Das um die vorige Oeffnung herum gefaltete Peritonæum.

V. Die obere Fläche der Harnblase, welche aufgerichtet (soulevée), also in ihrem gefüllten Zustande, in der Richtung des Canalis obturat. eine schiefe Ebene bildet.

Tafel XII.'

Diese Abbildungen waren unserer frühern Arbeit über die Hern. obturatoria in H e n l e und P f e u f e r 's Zeitschrift beigegeben. Als Zeichner ist dort statt „G u s t a v B r u n n e r" irrigerweise „G. R a u m e r" gedruckt worden.

Fig. 1. Die Membrana obturatoria interna und externa von aussen gesehen. Das Becken hat in eine etwas unnatürliche Stellung gebracht werden müssen, damit man den Uebergang der Membr. obtur. extern. in die Hüftgelenkkapsel deutlicher sehen konnte. Von der Art. obtur. ist besonders jenes Aestchen hervorgehoben, welches zur Incisura acetabuli geht.

Fig. 2. Der Nervus, die Arteria und Vena obturatoria und ihr Verlauf über die den Musc. obtur. intern. von innen her überziehende Fascie, welche nach unten dem Musc. levator ani *(C.)* zum Ursprunge dient. Dieser Muskel ist hier abgeschnitten. Man bemerkt den Annulus obturatorius, in welchen der gleichnamige Nerve und die Gefässe eintreten.

a. Anastomose zwischen der Art. obturat. mit der Art. epigastrica, durch deren stärkere Entwicklung der Ursprung der erstern aus der letztern, oder der Arteria cruralis selbst bedingt ist. (Dieser Ram. anastomoticus ist hier auf der Höhe d. Ram. horizontal. oss. pub. abgeschnitten.)

b. Ramus anastomoticus pubicus.

Fig. 3. Auch dieses Präparat hat Behufs der Zeichnung in eine etwas unnatürliche Lage gebracht werden müssen, damit man die Verhältnisse des Musc. obtur. extern. besser überblicken konnte. Seine obere (vordere), mittlere und die von dieser durch das Messer getrennte untere (hintere) Portion. — *a. b.* und *c.* Die drei Zweige des Nerv. obturat. und ihr Verhalten zum Musc. obtur. extern.

Fig. 4. Muskeldurchschnitt durch die vordere und innere Partie des rechten Oberschenkels. (Der grösste Theil des rechten Schambeins ist entfernt.)

a. Musc. pectineus.

b. M. adduct. longus.

c. M. adduct. brevis.

d. M. adduct. magnus.

e. Obere (vordere) Portion des M. obtur. extern.

f. Mittlere, auf der Membrana obturatoria externa liegende und untere (hintere) Portion desselben Muskels, in welch' letztere ein Ast des Nervus obtur. eintritt.

g. Fascia subpectinea.

h. Fascia interadductoria.

i. Der Nervus obturatorius und seine Verzweigung in den Ramus adductorius anterior und posterior, und jenen Ast, welcher zur untern (hintern) Portion des Musc. obturat. extern. geht.

k. Der Musc. obturat. intern. nach innen von der Beckenfascie (*a.*) überzogen, nach aussen (gegen den Schenkel) auf der Membrana obturatoria interna (*β.*) aufliegend.

l. Der Ramus horizontalis ossis pubis bis auf den Canalis obtur. quer durchgesägt.

m. Der Ramus ascendens ossis ischii, nächst der Uebergangsstelle in den Ramus descendens des Schambeins ebenfalls durchgesägt. Das rechte Schambein (mit der Symphysis ossium pubis) ist also (wie oben bemerkt) beinahe ganz weggenommen.

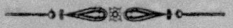

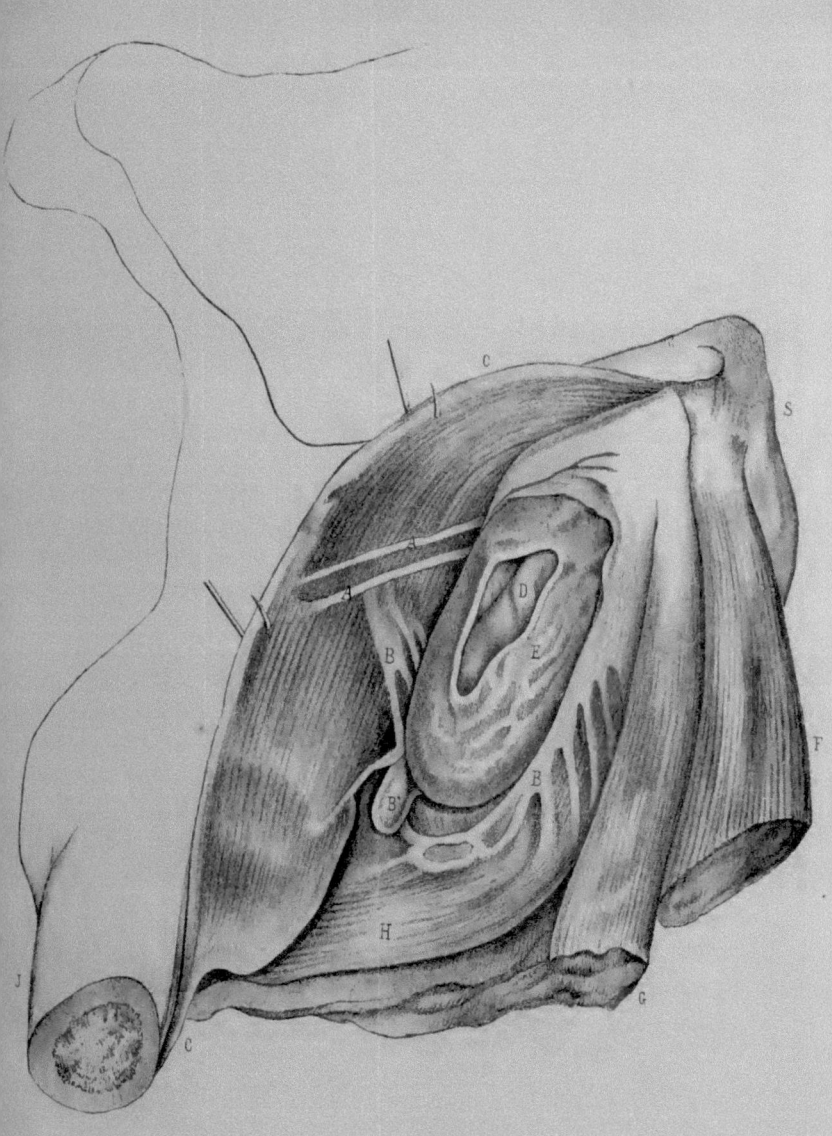

VINSON.   Lith. J Kaiser, Luzern.

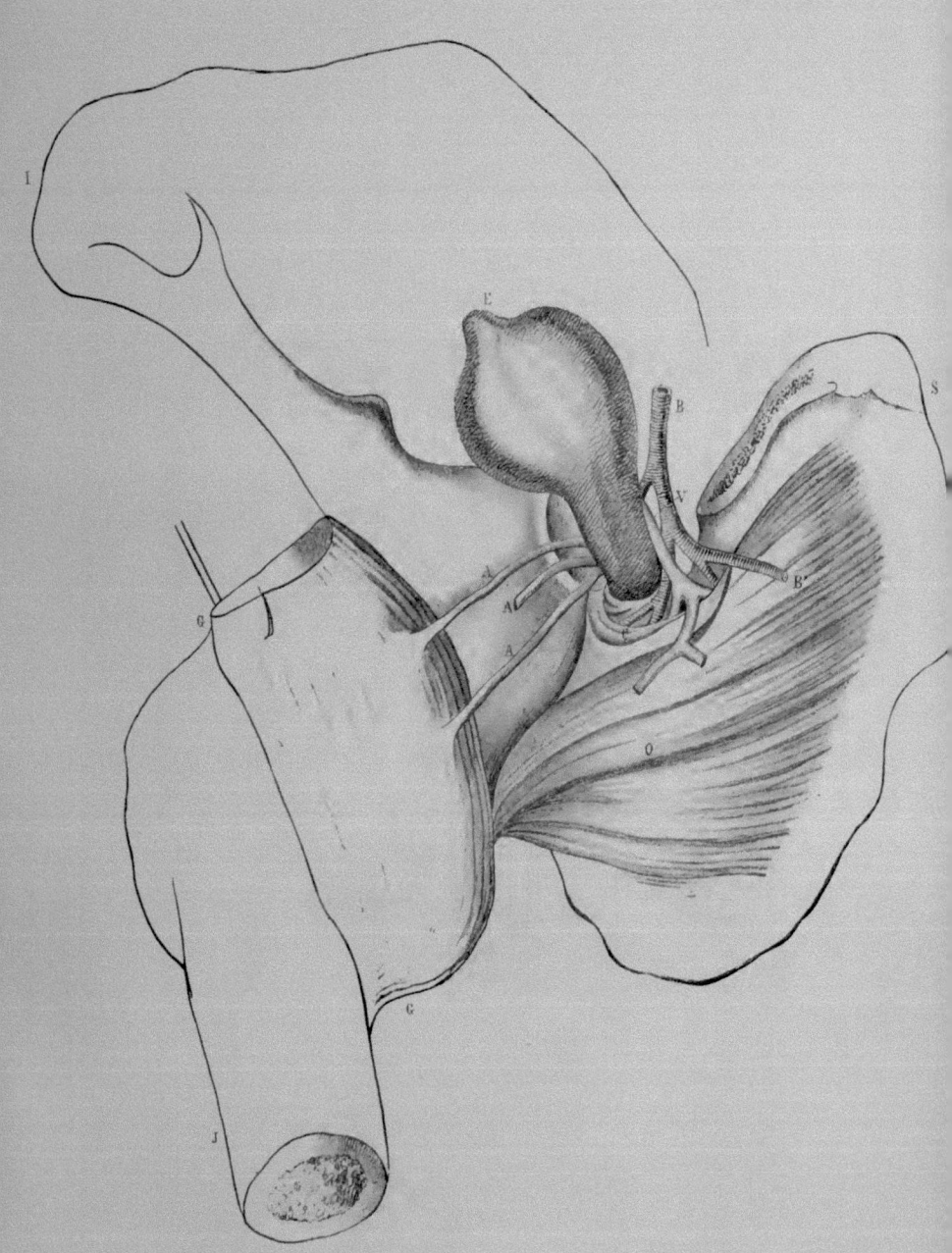

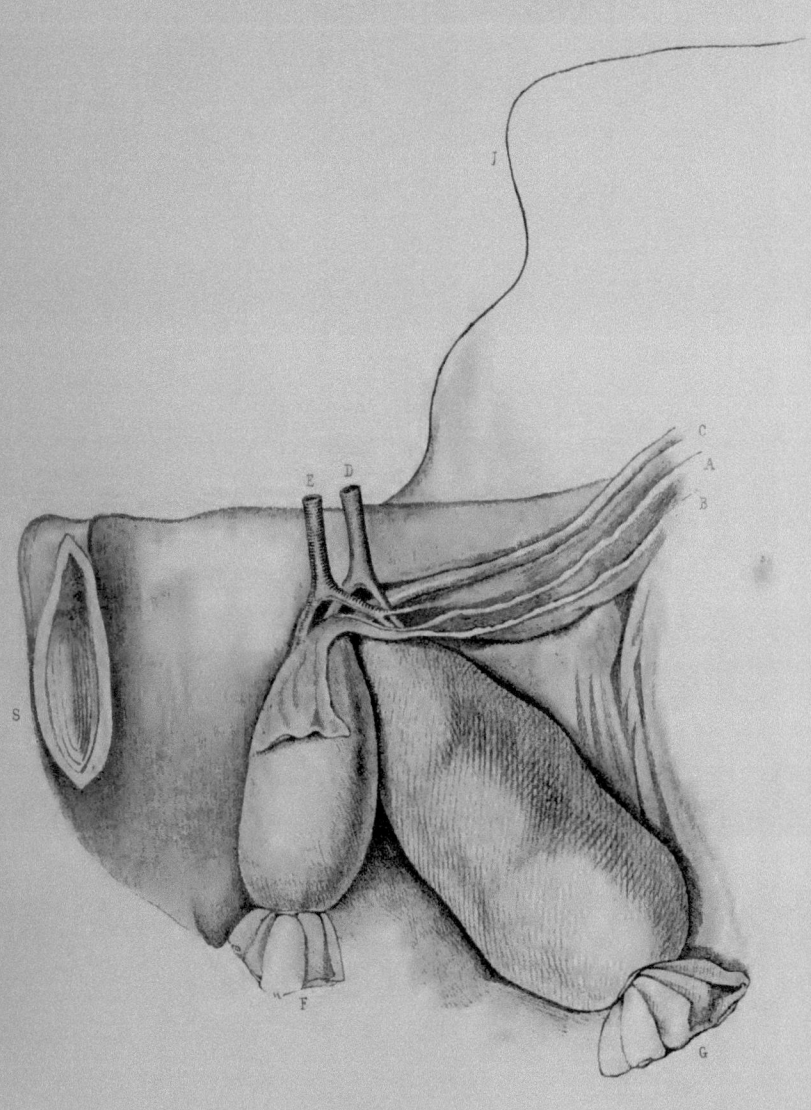

Lith. J. Kaiser. Luzern.

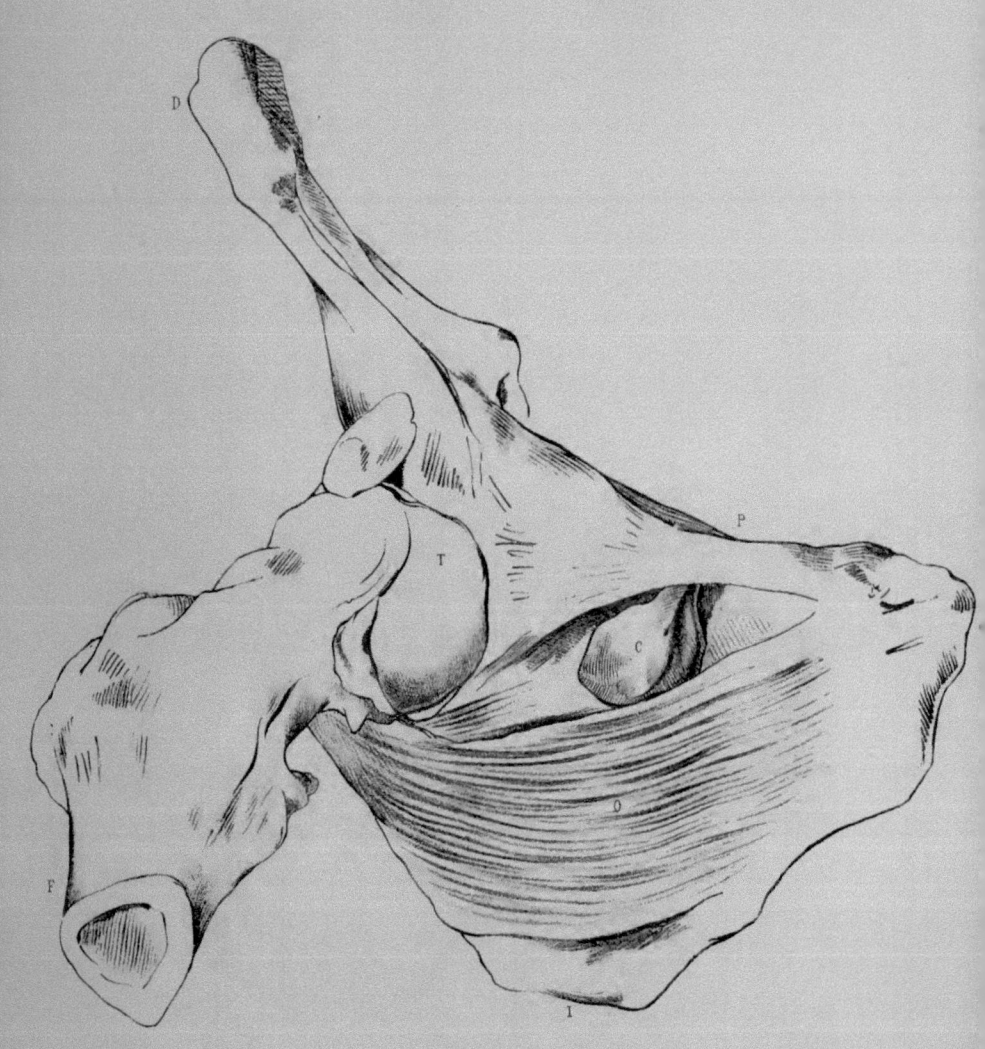

Fig. 1.

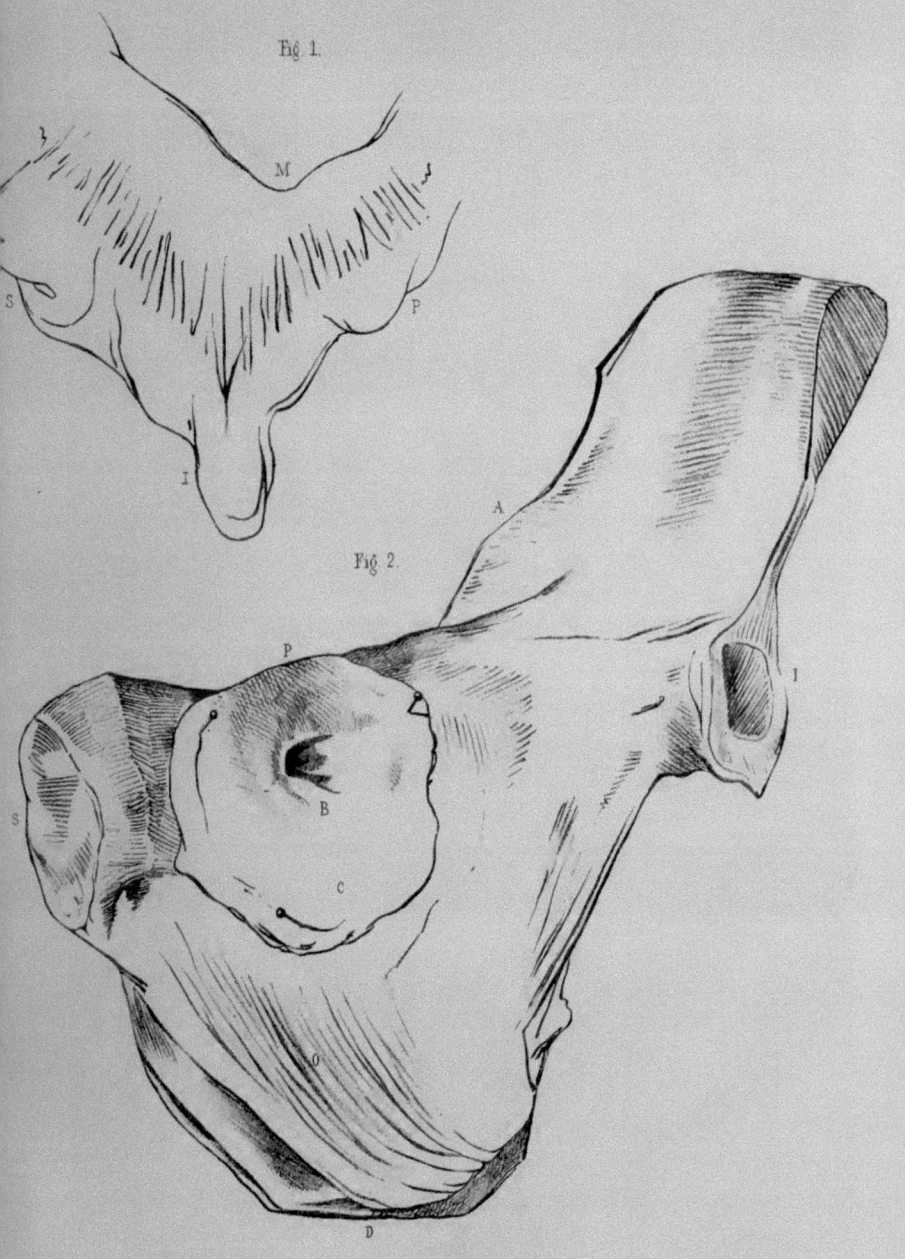

Fig. 2.

Fig 1.

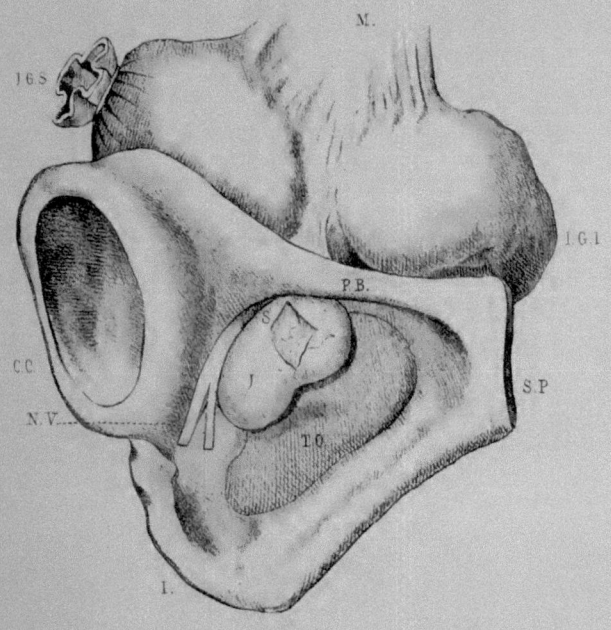

Fig. 2.

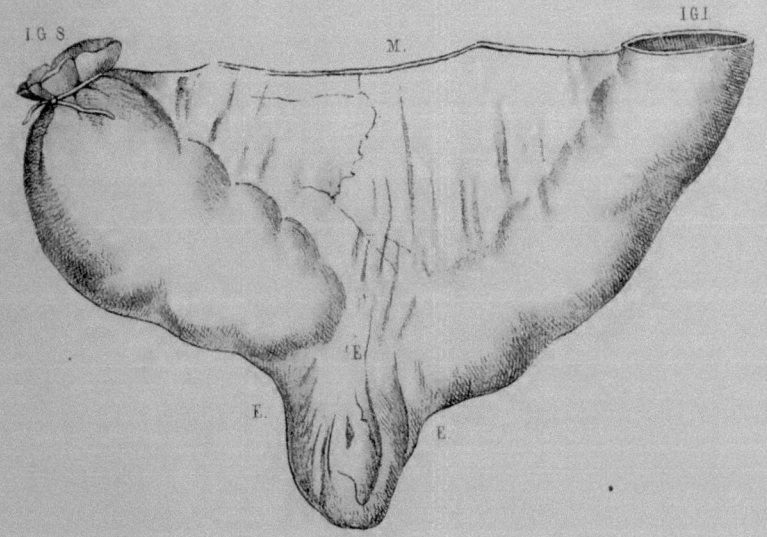

A. VINSON   Lith. J. Kaiser Luzern.

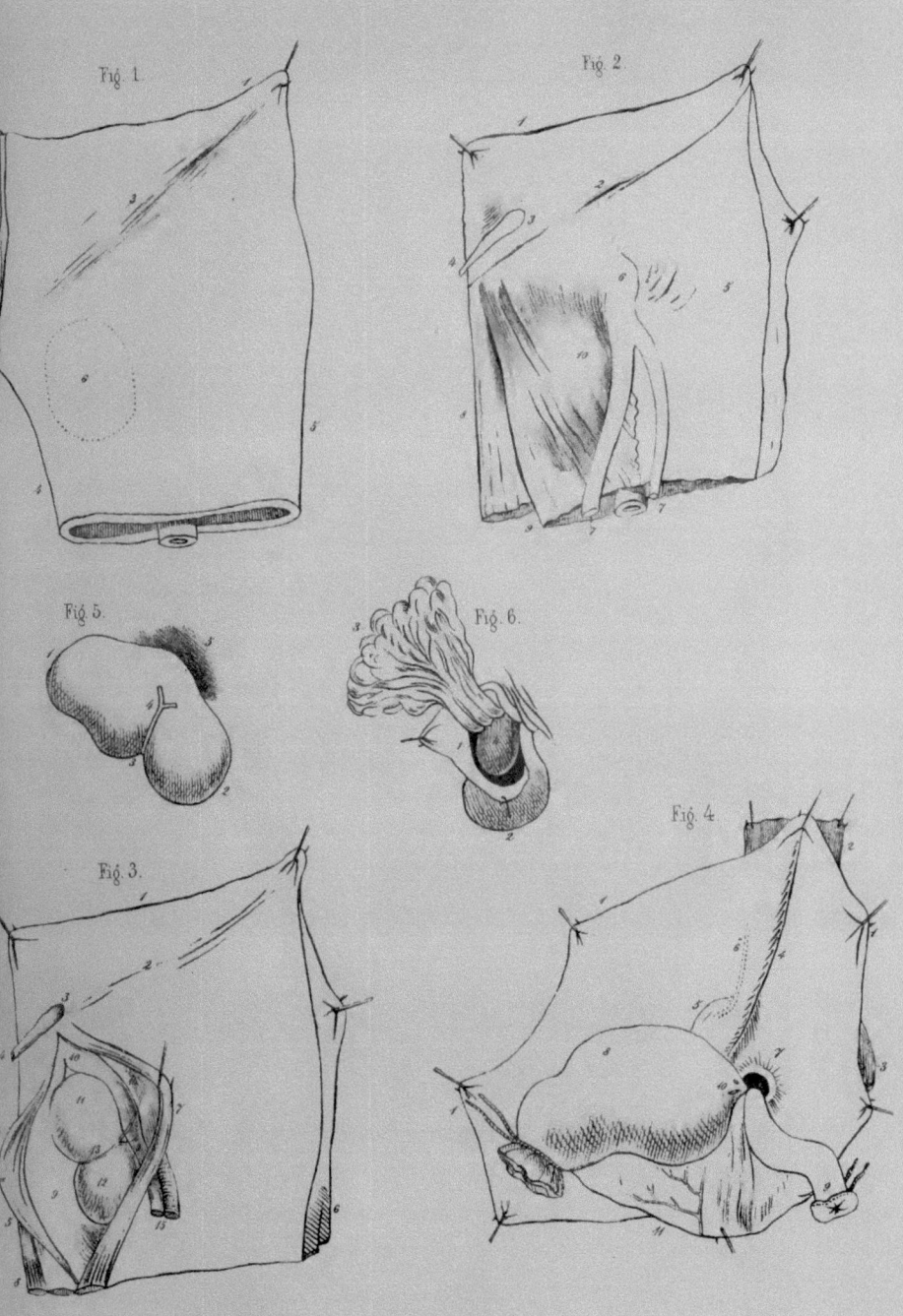

Tafel. VII.

Fig. 1.

Fig. 2.

Fig. 5.

Fig. 6.

Fig. 3.

Fig. 4.

A. VINSON.

Lith. J Kaiser, Luzern.

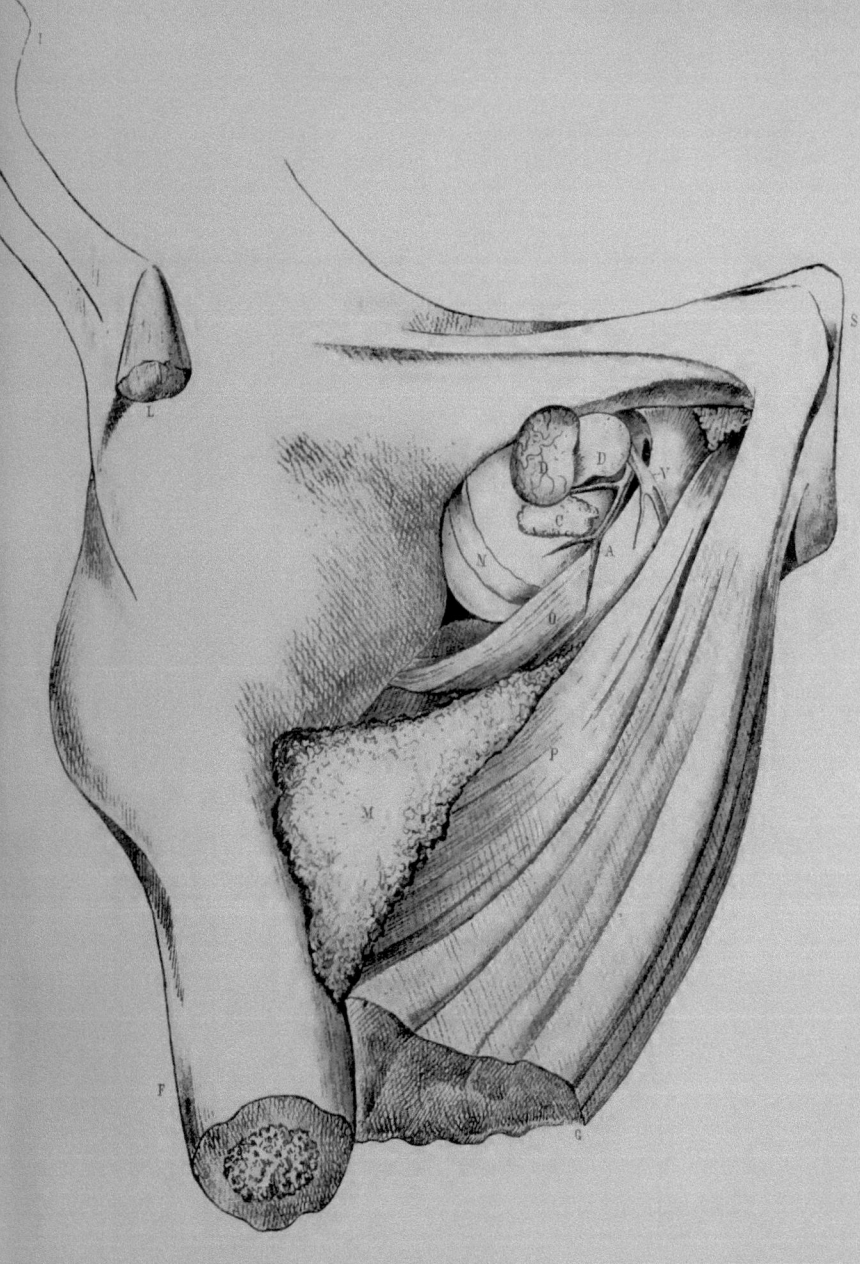

Lith J Kaiser, Luzern

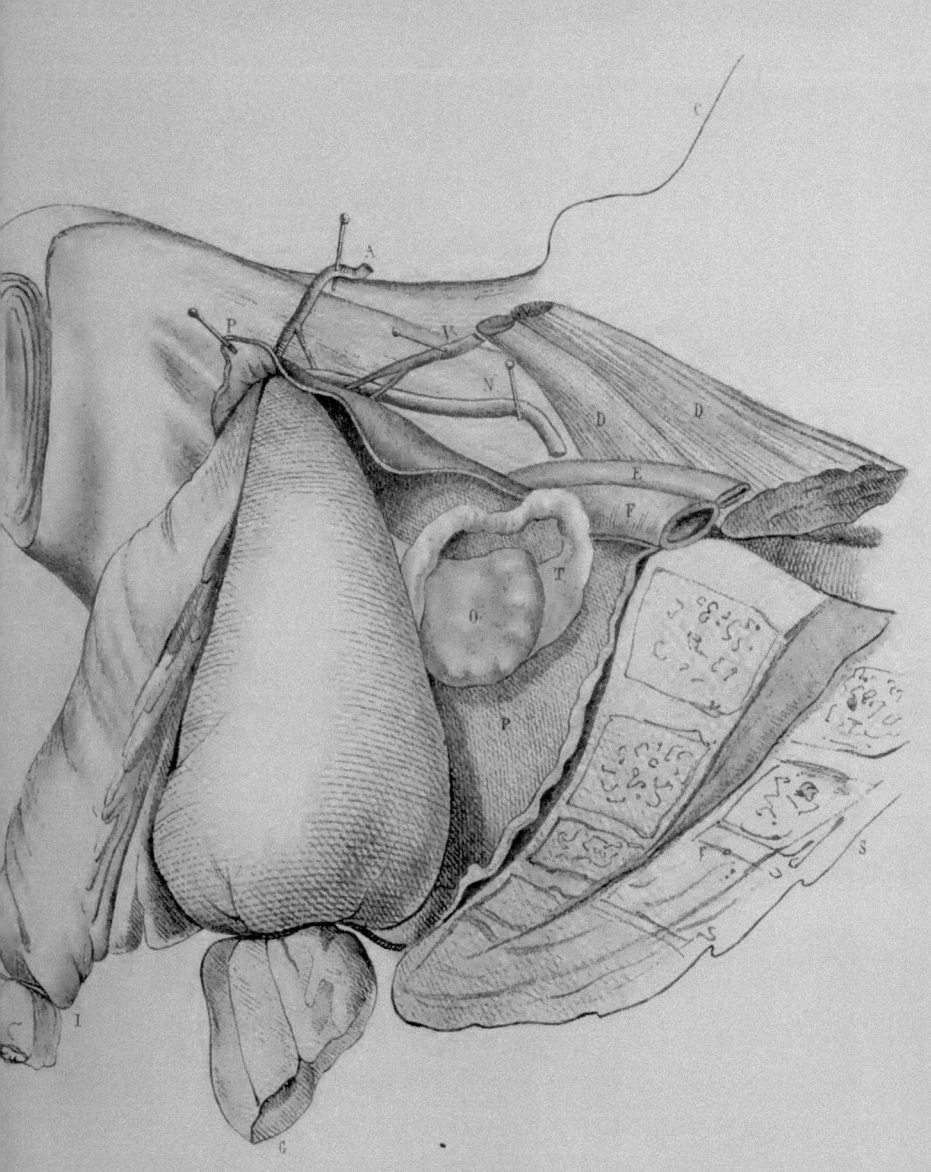

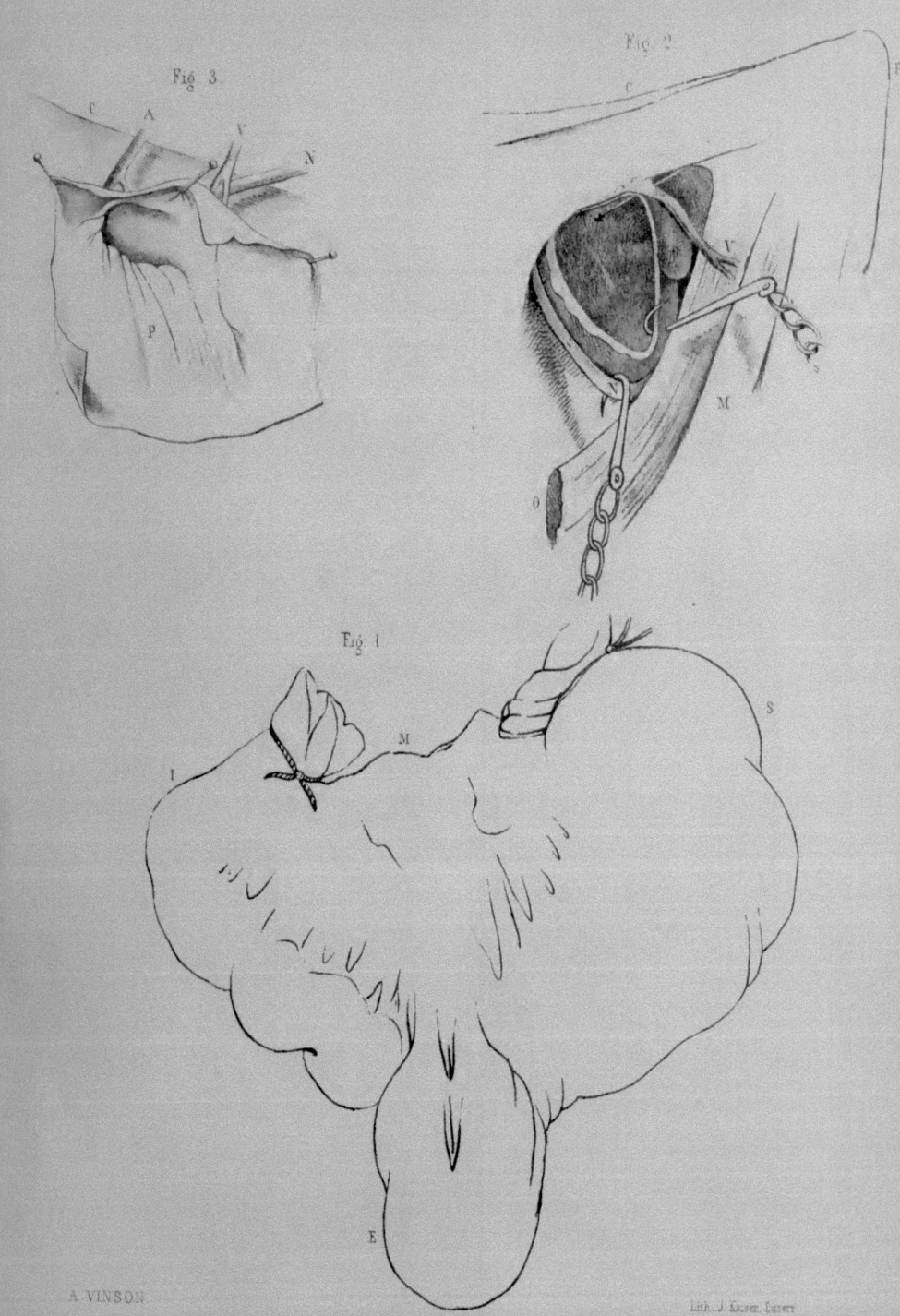

Tafel X.

Fig 3.

Fig 2.

Fig 1.

A. VINSON

Lith. J. Kaiser. Luzern

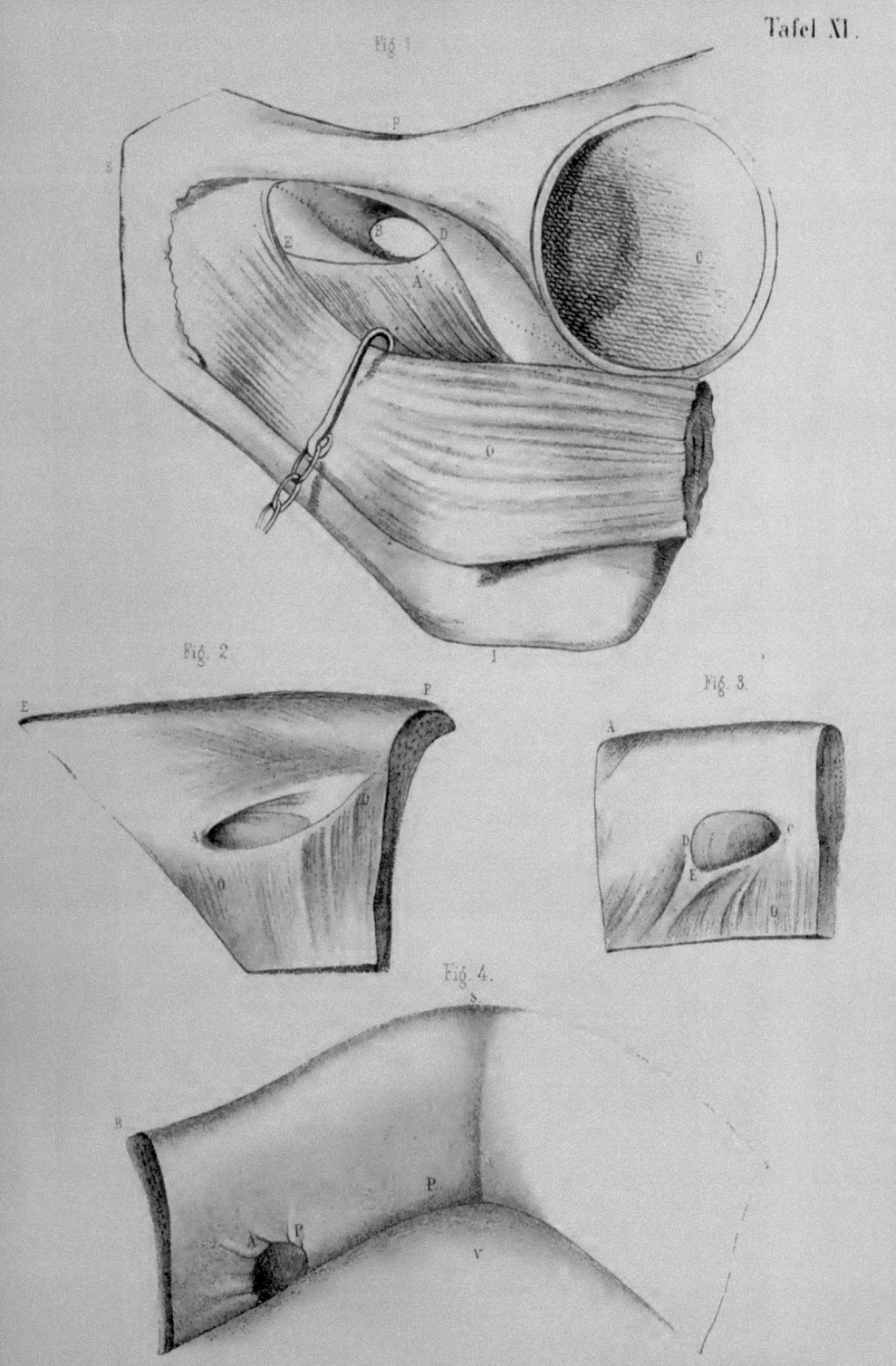

Tafel XI.

Fig 1

Fig. 2

Fig. 3

Fig. 4.

Fig. 2

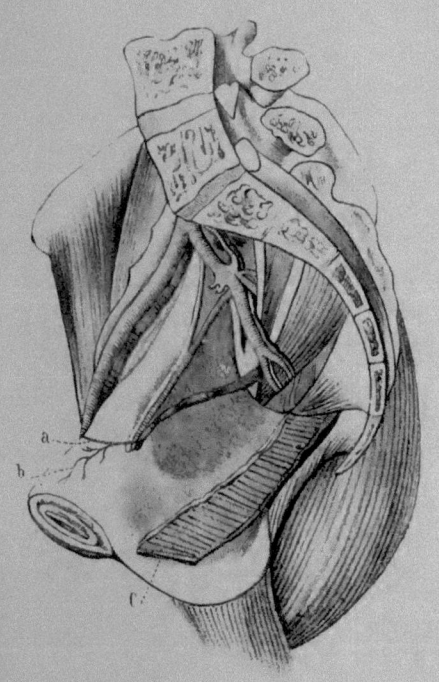

Fig. 4.

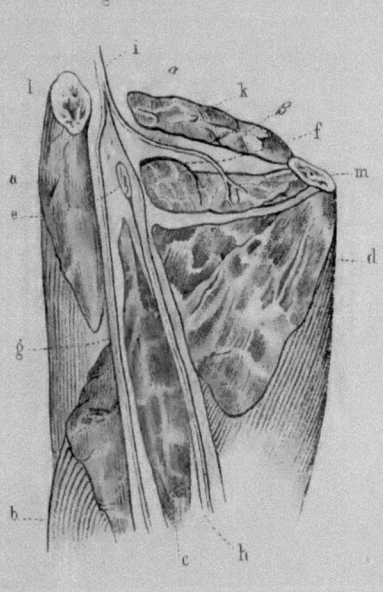

Fig. 1.

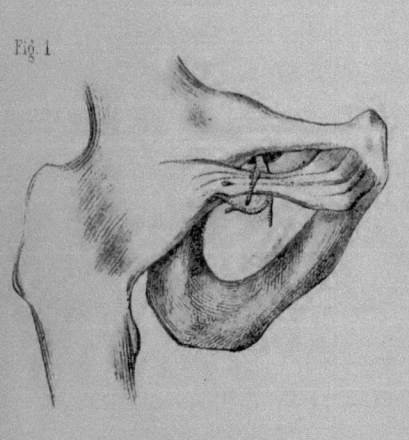

Fig. 3.

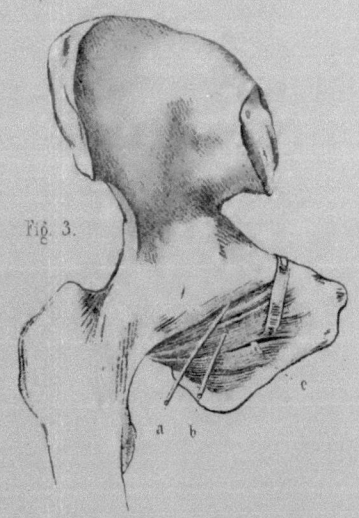